澜集

著

王开生

青岛出版集团—青岛出版社

图书在版编目（CIP）数据

观澜集 / 王开生著. — 青岛：青岛出版社，2024.6
ISBN 978-7-5736-2064-4

Ⅰ.①观… Ⅱ.①王… Ⅲ.①散文集－中国－当代Ⅳ.①I267

中国国家版本馆CIP数据核字（2024）第053695号

GUANLAN JI

书　　名	**观澜集**	
著　　者	王开生	
插　　图	王　伟	
出版发行	青岛出版社（青岛市崂山区海尔路182号，266061）	
本社网址	http://www.qdpub.com	
邮购电话	0532–68068091	
策　　划	刘　坤	
责任编辑	李　丹	
装帧设计	W 戊戊同文	
印　　刷	青岛海蓝印刷有限责任公司	
出版日期	2024 年 6 月第 1 版　2024 年 6 月第 1 次印刷	
开　　本	32 开（890mm×1240mm）	
印　　张	8.5	
字　　数	260 千	
书　　号	ISBN 978–7–5736–2064–4	
定　　价	69.00 元	

编校印装质量、盗版监督服务电话 4006532017　0532–68068050

小引

知性而灵性的书写者

王干

　　和王开生相识属于偶然。2019 年参加青岛市文学创作研究院的一次活动，在莫奈花园的书吧，我随手写下了"莫奈花园"几个字，当时的笔、墨、纸都不适合写字，纸窄，笔硬，墨涩。却禁不住主人热心邀请，我想着莫奈的风格，开玩笑说："我写一写莫奈体吧！"本以为一笑了之，现在书法热，人人都爱写字，人人都喜欢题字。现在各地的接待清单中，大多有一项请来宾题字。反正，成本也低，写了就写了，万一，来宾中一人"暴得大名"，这字也就升值了。

　　没想到，再一次去青岛入住莫奈花园，我的四个字居然被挂在面海的茶餐厅里，我有些意外，再看看周围的字，都是书界的名家，莫奈花园主人王开生，还是青岛市书法家协会的顾问。这让我更忐忑了。文人写字，人人都自爱，要让他去挂别人的字，还是很难的。时我已不在编辑之岗，开生对我这文人字高看一眼，后来才知他内心存有某种共情。

后来慢慢聊开了，原来他是一个"扬州控"，他对扬州文化尤其对扬州美食的熟悉让我大吃一惊，对淮扬菜的烹制之法也是如数家珍。他知道食蟹黄汤包的三字诀，还知道食蟹黄汤包要谨遵"三度"原则：高度，端盘要高至鼻前；角度，盘中包子与嘴唇保持45度斜角；速度，包子内汁多而烫，食之不能着急，须小心从上端咬开一处口子，轻轻啜食。扬州人对待吃向来是认真的。"三度"原则，非"饕餮"不能道出。

这是一个山东人吗？不仅是扬州，他谈起苏州之风物也是如数家珍，这更让我惊讶。后来说到汪曾祺、林散之、高二适、吴冠中等江南名家，他亦通晓他们的人和艺。我仿佛遇见了多年的南京老友，因这些话题都能聊的，基本都是与南京、扬州、苏州有过交集的人。2000年离开南京之后，在北京很难碰到这样的"熟人"。用"一见如故"来形容我们的交往，是一点也不过分的。我说他："一个青岛人，一颗江南的心。"

现在王开生让我为他新出的散文集写个"小引"，我也是乐意的，他擅书法，也是琴岛作家协会副主席。他书法功底扎实，笔墨适度，灵拙合适。他的文章也和他的书法一样，功底深厚，智通性灵。在本书中，可以看出他对青岛的历史人文做过大量的功课，尤其对八大关一带的掌故熟悉得像一位"饱经风霜"的导游，每言及此，他娓娓道来，情真意切。在《三翰林一圣人》中，他写道："康有为自1917年首度来青，到1927年

2

去世，10年间，写下大量赞颂青岛旖旎风光的诗篇。在青期间，康有为多次在寓所举办书法、绘画、古董展览会，爱新觉罗·溥伟、王墀等社会贤达均是天游园的座上客。"这反映出他对家乡的热爱、对工作的热爱，他的工作地点就在太平角，他对那里的一山一水都有深厚的感情。他对青岛各地方言十分熟悉，并将其与当地的风俗和民间规矩结合，足见其文史功底和专注用心。

他的笔墨时常有灵光闪现的地方，比如在《铁路宿舍》里，他对剃头师傅的描述就特别生动："街衢纵横，居民密集，进出方便，故来铁路宿舍走街串巷叫卖的商贩也多。剃头师傅，挑着挑子，手里拿一金属大镊子，将根铁棒从镊子中间快速擦过，弄出'嗡——'的一声长音，颤悠悠的，回声绵长。剃头就在自家天井里，极便捷，价格比国营理发店也实惠得多。""磨剪子来——抢菜刀'，如此抑扬顿挫的吆喝声，常在某个慵懒的午后，飘忽入耳。"

而《严冬与盛夏》中的这一段堪称神来之笔："盛夏最遭罪的，还得算夜间。关上门窗，极闷热；开窗自然通风，则进蚊子。一个夏季下来，屋内四壁白墙上，尽是蚊子的斑斑血迹。其实，那都是少年的我的鲜血呀！"

如此诙谐幽默、大彻大悟之人。王开生的散文深受汪曾祺的影响，他在文中反复引用很多汪曾祺的句子，表达了对汪先生的高山仰止之敬。或许他是汪门的"私淑弟子"，他对汪先生作品的理解也"别具一格"："读汪文亦能释压。汪曾祺作品越来越受欢迎，跟如今的生活节奏快、工作压力大不无关系。

看他的东西能静下来，慢下来，忘忧且有所悟。他独特的语言节奏、宽泛的知识面、幽默的谈吐，亦是良药！"

知汪如此，九段高手。

2022 年 6 月 23 日于润民居

（作者为鲁迅文学奖获得者、中国作家协会小说委员会委员、扬州大学文学院教授。）

4

《真理与方法》是伽达默尔给他的这本书取的第三个名字，前两个名字分别是《哲学阐释学》和《理解与发生》。从学科属性或研究范畴来讲，前两个名字当然没有问题，一个明确了边界，一个贡献了视野。但就"人文学科应该以怎样的方法通往真理"这场 20 世纪旷日持久的论争而言，"真理与方法"自然是在意义结构方面最合适的。绕这么个大圈子，其实是想借此个案，讨论岛城散文家王开生新书《观澜集》的定名过程。《观澜集》也曾数易其名，《茶叙五味》《眼前风物》《琴屿听潮》……从七窍五感的人，到历史、社会和文化地理，《观澜集》搭建了"文本小坐标"，书名的更迭过程实际也是作者文化建构的思考过程。

"观澜集"取自《孟子》，有"观水有术，必观其澜"的意思。观澜的主体是人。文集中，主体性在场的居间者，也是观察者和讲述者，浮动于劲松路、湛山路和太平角，临海凭风，望天观澜，衔接一方天地与历史人文。开生兄是岛城土著，本地长大，熟悉青岛的风物掌故，加上后来"执掌"青岛文化前沿地带，少时记忆融汇成年经验，构成了他人文地理写作的基本内容。历史的写法有很多：以思想史为目的，语言是主体；以事件史或述事史为线索，则人是主体。《观澜集》的上下两编，无论是立足于城市建置的宏大叙事，还是历史流脉中的艺文短志，都是以人为核心、围绕历史中的人来观察和讲述的。《名人与太平角》一文是典型。文章从历史的转折一刻写起，北洋政府收回青岛，将伊尔蒂斯角更名为太平角，符合民族文化心理的地方文化记忆也自此展开。苏雪林、柳亚子、郭沫若、沈从文、老舍……"新文学时期"的领袖人物们，将太平角描述为地方风景的标识物，送入 20 世纪汉语文化的视野之中；而王蒙、西川、欧阳江河、张清华、苏童、张炜、金宇澄、石一枫、刘汀等当代优秀的写作者们，则站在 21 世纪的侧畔，完成了 20 世纪文化名人对地方风景的连续性表述，勾勒出世纪文化意象版图中的太平角，突出了人作为历史主体的人文主义立场。

而这并未逸出作者的日常生活经验，或者说，作者将日常经验进行了美学化的重构。这是一种无意识的自觉。开生兄并非科班出身，写作对他来讲，更多的是雅趣，是审美上的追求。

就像他对饮食和书法的讲究，一鼎食，一盏茶，一道岸边风景，都是日常基本生活里生长出的美学故事。少时记忆如《铁路宿舍》，以情感史为脉络，引出胶济铁路的早期建设与岛城市民的生活轨迹。1900年始建的青岛火车站，是胶济铁路的起点。德国人在四方火车站和四方机厂周围，修建了两处职工宿舍。作为城市文化的最初记忆和现代市民生活的形式起点，铁路宿舍区也是作者少年成长的心灵原乡。在他的记忆里，早期城市的印象始于童年游乐，结满果子的"桑梓之地"，既是个人成长的小历史，也勾连着20世纪革故鼎新的社会历史大势。这就是文学地方感的具体形式，虽然与赖特或段义孚的阶段性解释已经有所不同，但面对小之住所与大之宇宙，人依然通过情感保持与地方之间的基础性联结，比如文末信马由缰般的煞尾——"我想念铁路宿舍那棵结白果的桑葚树"。那些消失不见的城市景物与青春，构成了作者丰富的情绪景观与心灵态度。

乾嘉学派认为"学博者长于考索"。熟悉开生兄的人都知道，他亦庄亦谐的性格正是源自对世界的好奇，以及由好奇心驱使的认识与阐释世界的冲动。我以为，这是他保持少年感的秘诀，也是他能够成为美食家、书法家、散文写作者以及系列未完待续的"斜杠青年"的主要原因。很难说这里是否有"兴观群怨"的责任自觉，但"多识鸟兽草木之名"的方法和意识是无须质疑的。比如他望海观澜，讨论八大关、宋公馆，又比如他对四方食事与人间烟火的态度，都是穷物理、辨名物的"格物致知"的理路，是一种深入日常生活的无意识的儒家诗教的影响。

写下这段话时，第一次见开生兄的情景再次浮现，他边布菜，边高诵"蒌蒿满地芦芽短"的样子，颇有"浴乎沂，风乎舞雩，咏而归"的气象。

心生羡慕，勉力一序。

（作者为山东大学副教授、博士生导师，中国现代文学馆特邀研究员、中国当代文学研究会理事。）

下编

艺事云烟

上编

岛上钩沉

交际处往事

　　青岛解放后，应时势所需，青岛市交际处筹建，选址在前海沿南端的中山路2号（兰山路3号）。此处遗留的这栋三层日式建筑，为日占时期的水交社（日本海军军官俱乐部），造型似一艘舰船，颇为壮观，庭院盈阔，绿树掩映。交际处主要承担我市外事活动举行和重要来宾接待的职责，时全称为：中国人民解放军青岛市军事管制委员会交际处。

　　交际处这一机构，其起源可追溯到延安时期的陕甘宁边区政府交际处。青岛市交际处成立后，至20世纪50年代末，所辖建筑物共计百余栋，分布在中山路、太平路、文登路、栖霞路、莱阳路、岳阳路、郧阳路和八大关、太平角、龙山路迎宾馆周围等，集中在风景如画的前海一线。1953年至1959年，在最初的高干招待所和专家（外宾）招待所的基础上，交际处逐渐组建了三大招待所。交际处第一招待所，简称"老一所"，下辖中山路2号、兰山路5号、湖南路72号新新公寓等；交际处第二招待所，简称"老二所"，下辖位于荣成路、韶关路一带的别墅群，即后来荣韶宾馆（取荣成路和韶关路的首字，组成宾馆名）的前身；交际处第三招待所，简称"老三所"，下辖山海关路、居庸关路、正阳关路、莱阳路、龙山路迎宾馆等处别墅楼，接待条件最好，主要承担省部级以上领导和外国政要的接待任务。

青岛解放初期，交际处未曾大范围对外开放，到访来宾亦不多，时有徐向前（1949年7月，住山海关路17号）、朱德（1951年8月，住太平角一路1号）、罗荣桓（1951年7月，住山海关路17号）等首长以及中国人民志愿军归国代表团、梅兰芳剧团等。

1952年8月，中国戏曲研究院院长梅兰芳率梅兰芳剧团来青，在永安大剧院演出22天，梅兰芳主演了《贵妃醉酒》《霸王别姬》等经典剧目。票价从8千元至2.8万元（旧币）不等，演出场场爆满，在岛城轰动一时。

此行，梅兰芳夫妇、梅葆玖和保姆、琴师等下榻于交际处中山路2号。梅兰芳经常穿一身中山装，待人和气，谦逊有礼，每场演出都给工作人员留出几张戏票。有一次因留票不够，梅兰芳嘱咐司机用他的小轿车载着众人，从戏院演员出入的便门进了场。临行前，工作人员每人得到一套剧照和一张免冠照，梅兰芳在每张照片上都亲笔签了名字。

在青期间，剧团的王少亭、姜妙香、萧长华等演员和随行人员，则下榻在不远处的新新公寓。

位于湖南路和蒙阴路路口的新新公寓，始建于1936年，曾是民国时期青岛最知名的旅馆兼餐饮娱乐场所。交际处时代，这里接待了大批的外国客人、华侨及国内各界名流。1957年盛夏，上海海燕电影制片厂拍摄故事片《海魂》，其外景大都取自岛城，时主要演员赵丹、崔嵬、王丹凤、刘琼、高博、康泰、陈述、牛犇等，悉数下榻于此。1962年，作为导演的赵丹率上海电影制片厂演员剧团再度来青，演出舞台剧《雷雨》和《上海屋檐下》，此行他与上官云珠、王丹凤、张瑞芳、舒适等电影演员，下榻于交际处中山路2号。

20世纪60年代，在周恩来的提议下，我国评出"二十二大电影明星"。此行中的大部分演员在列，故引起岛城影迷的热情围观。

自1953夏季，交际处开始进入接待繁忙期，青岛也逐渐成为我国闻名遐迩的避暑疗养胜地。诸多中央领导和国际友人等纷至沓来。至1957年夏季中央政治局扩大会议在青召开时，青岛市交际处的接待规模达到历史顶峰。

20世纪50年代后期至60年代初，国家将青岛疗养院和山东省疗养院等单位的房屋进行了统筹调配，交际处管辖范围又有新的变化，交际处调整了"老一所""老二所""老三所"的管辖范围，组建交际处第四招待所，接管了北京路招待所。"四所"指太平角、岳阳路、咸阳路、郎阳路、芝泉路一带的别墅群，主要负责接待民主人士和外国专家等。

1964年，交际处再次调整了"二所""三所"的管辖范围，成立交际处第五招待所。"五所"下辖文登路、栖霞路、金口一路、莱阳路等处散落的别墅群。

青岛市交际处接待史上最辉煌的一笔，无疑是1957年夏季，接待参加中央政治局扩大会议的毛泽东、刘少奇、周恩来、朱德等党和国家领导人。

1957年7月12日，毛泽东乘专机由南京抵达青岛，下榻在交际处下辖的青岛迎宾馆，并在此居住了一个月。

此次会议保密纪律极严，故当山东省委第一书记舒同陪同毛泽东主席下车走进迎宾馆时，服务人员都不敢相信自己的眼睛。晚上各班次人员聚在一起吃饭时，见过主席的服务人员，兴奋得一个劲儿地笑，弄得其他人莫名其妙。

此后一段时期，迎宾馆这座昔日的德国总督官邸，作为青岛市最高级的接待宾馆，陆续接待了越南劳动党主席胡志明（1966年）、阿尔巴尼亚部长会议主席谢胡（1967年）等外国政要，留载史册。

1957年7月17日，同来参会的刘少奇和周恩来分乘飞机抵达青岛，下榻在交际处下辖的山海关路9号。这是八大关一带接待条件最好的一栋美式别墅，此处地势高，环境静幽，站在南向的阳台上凭海临风，可尽览太平湾旖旎景色。其原为美国海军第七舰队司令柯克上将居所，新中国成立后被划入疗养区。

同日，朱德下榻在太平角一路1号欧式别墅，故地重回。

邓小平则下榻在山海关路 5 号，出院门即是第二海水浴场。其他与会领导亦大都下榻在八大关周边幽静的别墅群中。

交际处下辖的莱阳路 3 号，庭院中雪松婆娑，宛若华盖，其内有两楼相连，俗称"鸳鸯楼"，西边绿楼为雌楼，东边黄楼为雄楼，是莱阳路上的著名滨海建筑。1957 年夏，来青参会的陈毅和舒同、谭启龙等领导下榻于此。此地与毛主席所居的迎宾馆相距甚近，便于工作。会议期间，舒同曾陪同毛主席到第二海水浴场游泳，留下一帧经典照片。画面上，毛主席、乌兰夫、舒同等六七人穿着泳裤，围坐在沙滩上谈笑风生。

此后，舒同亦多次来青，入住莱阳路 3 号和岳阳路 10 号等，并留下诗词：楼，物是人非不用惆，回头望，碧海自沉浮。牛，耕田种地从未休，声断续，龙宫有谁愁。舒同有"红军一支笔"之誉，亦素有书名，后担任中国书法家协会第一任主席。其为青岛所留墨迹颇多，仅前海一线即有回澜阁、华侨饭店、市立医院、青岛二中和黄海饭店等地的题字。

20 世纪六七十年代，交际处管辖范围又有所调整，至 1972 年 6 月，经内部重新组合，共辖交际处附设饭店（琴岛酒家）、新新公寓和 6 个招待所。"一所"，指中山路 2 号和太平路 31 号栈桥宾馆等；"二所"，指荣成路、韶关路、山海关路、居庸关路、正阳关路等别墅群，即八大关宾馆的前身；"三所"，指青岛迎宾馆和龙山路、衡山路、龙江路等别墅群；"四所"，指太平角一带的别墅群，即后来的太平角宾馆；"五所"，指莱阳路 3 号、5 号、栖霞路 2 号、4 号和文登路 6 号、8 号、10 号等别墅；"六所"，即北京路招待所。前海一线的名楼别墅,诸如栈桥宾馆、迎宾馆、海滨公寓、汇泉礼堂、花石楼、公主楼等,尽归交际处管辖。

交际处附设饭店,后改称"琴岛酒家",原址在广西路46号。当时的开办宗旨为"既是饭店,又是学校",是交际处厨师的实习场所。没料到一经开放,立时叫响岛城。许多食客慕纪树昌师傅之名,不惜排上几个小时的号,也要品尝他做的几道美味佳肴。纪树昌师傅即是1957年夏在迎宾馆为毛主席掌勺的岛城名厨。当时,他听说主席只爱吃淡水鱼,便想让他老人家尝一下青岛的海鱼,遂精心烹制了一条清蒸黄花鱼。上桌后,毛主席竟然没吃出是海鱼,而且将鱼吃了个干干净净。主席夸赞纪树昌师傅做饭味道好,曾亲自走进厨房看望他,并对他说:"你做的菜很好吃!谢谢你!"纪树昌师傅视此话为从业一生的荣耀。

1977年2月,青岛市交际处完成了历史使命,陆续被"行政机关事务管理局"等名称所代替。位于中山路2号的市交际处旧址,亦在1993年市级机关东迁时被拆除。老建筑内坚固的防空地堡,令拆除者颇费周折,最后他们竟动用大剂量炸药,才将其彻底夷平。

开国将帅与岛城

　　新中国的芸芸将帅之中，多位与青岛结下了不解之缘。他们来青或视察，或开会，或疗养，在这座年青的海滨城市留下了不可磨灭的红色印记。

　　1951 年 8 月 3 日至 9 月 4 日，朱德来青视察人民海军，下榻在太平角一路 1 号。该楼建成于 1935 年，造型雅致，庭院敞阔，是典型的北欧风格民居。在青期间，朱德参加了 8 月 6 日至 26 日召开的人民海军首届政治工作会议，还在罗荣桓、罗瑞卿、甘泗淇等将领的陪同下，视察了海军炮兵团、快艇学校、炮校和航校等，游览考察了小青岛、中山公园、水族馆、湛山寺等市区景点。

　　此行，朱德在青岛致函毛泽东，介绍青岛和胶州湾：

　　青岛市的胶州湾，是我国最好之军港，可容纳百支军舰，水深、湾大、口子很小。又是很好的商港，可容二三万吨的大船，可直靠码头。码头有 6 个，每月进出均有 20 万吨上下，比上海、天津的出口均好些。我国能大量出口，有起重装备之港口，仅有大连、青岛两港口。又是工商业区，工商各半。又是风景休养地区，由胶州湾往东至崂山沿海一带皆是风景区，德日帝国主义及中国封建官僚资本家们所建筑的别墅很多，将来可为疗养区。

　　朱德的一番调研建议，得到毛泽东的肯定。自此，青岛与北戴河成为北方城市中的疗养避暑胜地，闻名遐迩。

　　1957 年 7 月 17 日至 21 日，朱德再次来青参加会议，仍下榻在太平角一路 1 号，故此楼在岛城民间有"朱德楼"之别称。

　　朱德此行曾赴崂山北九水参观考察。进入"二水"，见一山峰突兀而立，威风凛凛，气度不凡。陪同人员告诉朱德，此峰被当地人叫作"太师椅子"。朱德笑了："哪里是椅子？分明是一位古代的将军嘛！"遂在山峰下即兴赋诗一首：

　　　　将军解甲回山村，带领乡亲勤造林。
　　　　不贪高官和厚禄，只为育树又育人。

游罢，他又赋诗一首：

崂山宝地方，天然好牧场。

高山栽松杉，矮岭植柞桑。

坡地建果园，平川种菜粮。

截流修水库，打坎建鱼塘。

农村为城市，时刻不能忘。

抗美援朝胜利结束后，彭德怀于 1954 年 4 月 30 日至 6 月 10 日，来青视察并疗养，下榻在山海关路 17 号。该楼建于 1940 年，为日欧混合式别墅，出院门即是第二海水浴场西侧门。在青期间，彭德怀视察了海军青岛基地，并出海巡航至大公岛、薛家岛，远至连云港。

残酷漫长的战斗岁月，给刘伯承的身体带来不少伤病。1955 年夏，时任中央人民政府人民革命军事委员会副主席等职的刘伯承来青岛休养，下榻在山海关路 17 号。

该年恰是人民解放军首次授衔的一年，因身体未完全康复，刘伯承未能赴京出席授衔仪式。中央有关部门负责人于 9 月 24 日携带元帅服、三枚一级勋章等来青。在住地，同来的摄影师拍摄了刘伯承身着元帅服、佩戴勋章的标准照。如今我们看到的刘伯承那幅元帅标准照，即拍摄于其青岛八大关寓所内。

　　1954 年 5 月，陈毅来青视察、疗养，下榻在黄海路 18 号，即著名的花石楼。该楼建成于 1931 年，原为俄国报业大亨的私宅，是八大关核心区最早的别墅之一，融合了欧洲四大建筑流派艺术风格，建在海边岬角的岸崖之上，可俯瞰太平湾的海天秀色，位置极其优越。在青期间，陈毅从市图书馆借阅了《胶澳志》、《即墨县志》（清同治版）等书籍，写下了著名的长诗《初游青岛》（一九五四年五月十五日）：

五四争青岛，于今卅五年。常常思游览，屡屡错机缘。

霄夜突来访，面目未看全。海市灯辉煌，海水漫无边。

群山海中峙，远岛似规圆。隐约尚可见，憧憧影相联。

巨舰泊海中，火树花若燃。万象看不足，深夜坐斋前。

沉吟久不睡，海天思绵绵。此是弹丸地，史实可详谙。

先言远古事，显名首齐桓。管仲有雄略，利用及鱼盐。

田单更晓事，诱敌胶之南。即墨能苦守，敌退国土完。

其后有田横，抗汉鲁之硕。从义五百人，立懦而廉贪。

齐鲁遗佳话，代代有名贤。晚清势衰颓，无复自闭关。

德日先后来，相继肆凶残。赖我人民力，鲁案复主权。

又落国贼手，依然苦元元。近代抗日战，游击敌胆寒。

尔后败美蒋，重点胜万难。而今四海一，东境大屏藩。

外寇敢伸手，聚歼使无还。试看海天青，其青照市廛。

试看松柏青，其青染峰峦。伟哉胶莱青，千里美良田。

更有新人民，青春迈无前。历史创造者，命运自斡旋。

思之乐融融，归寝熟且甜。朝来开户牖，红日照东檐。

工人正上工，学生赴校园。战士正操练，渔民斗狂澜。

更有休养客，安心度豫闲。一切寄生虫，灭迹不待言。

观此新气象，使我开心颜。

1997年，青岛市在修建五四广场时，将陈毅留给青岛的这首长诗镌刻于巨石之上，供游人和市民观赏。

1954年7月22日，陈毅再次来青，下榻在莱阳路3号。23日，陈毅在青岛视察了刚刚组建起来的海军独立潜水艇大队，并满怀激情地写下了《潜艇上留题》：

人口六万万，立国太平洋。

面对侵略者，必须有海防。

水上多舰艇，空中能飞航。

海底深千尺，潜水亦所长。

件件皆掌握，样样是内行。

严整陆海空，捍卫我边疆。

和平可确保，建设日辉煌。

战贩如伸手，必定遭灭亡。

大哉新中国，指日富且强。

开国大将张云逸也曾在莱阳路3号居住疗养。

共和国十大元帅中，罗荣桓与青岛的渊源最深。

1924年，私立青岛大学成立，校址选在原德占后修建的俾斯麦兵营，并开始面向社会招收新生。湖南籍学生罗荣桓考入该校，并担任学校学生会负责人。在校期间，罗荣桓组织了声援青岛纱厂工人罢工的罢课运动。1926年夏，他从该校毕业后，辗转回到家乡，后跟随毛泽东参加了秋收起义，开始了戎马一生的革命生涯。

1951年7月13日至9月4日，罗荣桓来青参加人民海军首届政治工作会议，下榻在山海关路17号。罗荣桓是十大元帅中去世最早的一位，逝于1963年12月16日，毛泽东主席得知消息后十分悲痛，写下了《七律·吊罗荣桓同志》一诗悼念：

> 记得当年草上飞，红军队里每相违。
>
> 长征不是难堪日，战锦方为大问题。
>
> 斥鷃每闻欺大鸟，昆鸡长笑老鹰非。
>
> 君今不幸离人世，国有疑难可问谁？

毛泽东曾说，贺龙是用两把菜刀起家，走上革命道路的。

贺龙元帅曾5次来青疗养、开会。1951年8月，贺龙首度来青疗养。1955年夏天，贺龙再度来青休养，下榻在山海关路5号。该楼建于1936年，是一栋具有现代主义风格的日式三层小洋楼，门前一株木香，初夏时节开花，香飘数里。该楼出门便是第二海水浴场北门。1956年7月21日至8月2日，贺龙第三次来青，下榻在山海关路17号。1957年夏和1964年10月，他又两度来青。贺龙是八一南昌起义起义军总指挥，故十大元帅的001号证书，颁发给了贺龙。

徐向前元帅也多次来青。

青岛解放后，中央即安排身患重疾的徐向前来青岛休养。他于 1949 年 7 月中旬抵青，下榻在山海关路 17 号，是具备疗养区雏形的八大关接待的第一位共和国高级将领。同年 10 月 1 日的开国大典，徐向前因病未愈，只能在青岛的寓所中，静听着收音机中传来的毛泽东铿锵有力的声音："中华人民共和国中央人民政府今天成立了！"他心情之激动，可想而知。

1956 年 7 月 12 日至 8 月 2 日，徐向前再度来青疗养，下榻在汇泉路 22 号。该楼建于 1933 年，是一栋折中主义别墅，推开大门即是碧波万顷的汇泉湾。1958 年 7 月 20 日，徐向前第三次来青休养，住居庸关路 11 号。这是一座西班牙风格的建筑，房子建在坡顶的制高点上，太平湾沿岸美景可尽收眼底。1972 年 8 月 13 日，时任中共中央军委副主席等职的徐向前，陪同诺罗敦·西哈努克和夫人由济南来青参观访问。青岛市万名群众夹道欢迎，盛况空前。在青期间，徐向前陪同西哈努克观看了北海舰队的海上编队表演，游览了栈桥、鲁迅公园、水族馆等景点，参观了青岛啤酒厂、贝雕厂等工厂企业。1978 年夏，徐向前再度来青，下榻在山海关路 13 号。参观中山公园时，他与公园服务人员留下一张珍贵的合影。

开国大将罗瑞卿、上将刘亚楼等，曾下榻在居庸关路 11 号。

诸葛一生唯谨慎，吕端大事不糊涂。十大元帅中另一位擅诗的儒帅是叶剑英，他的格律诗，曾得到毛泽东的称赞。

1954年夏，叶剑英因病来青岛休养，下榻在山海关路1号。这是一座浅色调的法式建筑，建成于1933年，楼前楼后两个庭院，掩映在一片郁郁葱葱的龙柏、雪松之中，窗外即是第二海水浴场，空气清新，环境幽雅。在此期间，他为岛城留下一首名作《青岛》：

> 小楼明一角，深隐绿丛中。
> 海阔天如盖，山遥岛似熊。
> 轻波垂钓叟，旭日弄潮童。
> 忽忆刘亭长，苍凉唱大风。

1979年9月，叶剑英再次来青岛视察，下榻在山海关路17号。此次在青期间，他向市图书馆借来光绪刻本《古诗源》仔细阅读。在参观青岛啤酒厂时，叶剑英乘兴赋诗一首：

> 天下论英雄，啤酒何须煮。
> 争取得金牌，更上一楼去。

开国大将粟裕、萧劲光等也曾在山海关路1号居住疗养。

值得一提的是，八大关区域内的山海关路17号，因彭德怀、刘伯承、贺龙、罗荣桓、徐向前、叶剑英等元帅下榻，而被岛城市民亲切地称作"元帅楼"。

八大关的来龙去脉

碧桃雪松几重关，烽火烟云恍惚间。

行到落樱小憩处，又见白鸥搏海天。

诗人贺敬之的这首《八大关漫步》，是歌咏八大关的名篇之一。

很久以来，无论是青岛人还是外地人，对八大关的好奇与探索，从来都没有停止过。不仅仅是因为这里一年四季的怡人景色，更是因为其不同寻常的历史、别具一格的"万国建筑"，以及众多名家的情有独钟。

青岛八大关被誉为中国最美的五大城区之一，也是首批中国历史文化名街、青岛老城区主要名胜之一。2001年，青岛八大关近代建筑被国务院公布为全国重点文物保护单位。

目前八大关大致可分为三个区域：南区、北区和太平角区域。正阳关路以南为南区，涉海临湾，是八大关的核心区域，景色清幽，名楼别墅鳞次栉比，人流最为密集；正阳关路以北为北区，平时游客稀少，本地市民亦较少踏足观光。青岛人每年有三个时段，会在八大关区域流连赏景。春季，在韶关路赏姹紫嫣红的碧桃；春末夏初，在宁武关路赏粉嫩娇艳的西府海棠；秋末，在嘉峪关路赏五彩斑斓的枫叶。

八大关如何演变成今日的模样？它到底有几条路？有哪些著名的建筑传世？

1898年，清政府与德国签订《胶澳租借条约》，次年，德皇威廉二世下令将租借地的新市区命名为"青岛"。

租借地建立后，德国人旋即制定了一个青岛新城规划。其中，将伊尔蒂斯山（现太平山）和奥古斯特·维多利亚湾（现汇泉湾）一带，划为"颐养区"，即休闲别墅区。此后，德国、俄国、英国侨民和中国显贵在这一带"大兴土木"，营建了一批极具异域风情的海滨别墅，这些别墅散落在文登路、福山路、栖霞路、湛山大路（现香港西路）等地势较高的沿海一线。

1922年12月，中国北洋政府收回青岛，后将德国人为纪念一艘沉没在黄海海域的战舰"伊尔蒂斯号"而命名的山、岬角、海湾，分别改称"太平山""太平角""太平湾"，以祈求太平。在新的城市规划中，太平角、太平湾一带被划为别墅区，共 12 条马路，分别是太平角一路至六路，湛山一路至五路和一条短短斜斜的湛山路。

在"荣成路东特别规定建筑地"出现以前，太平角一带的别墅已星罗棋布。该区域居民以外国传教士和西教信徒居多。如太平角一路 12 号的英国牧师马和德别墅，17 号的美国牧师梵都森别墅，18 号的美国基督教工会牧师戴世珍别墅，21 号的美国牧师希尔恩别墅；湛山一路 2 号的美国浸信会牧师杜华德别墅，以及湛山一路 23 号的耶稣教西人会堂、湛山三路 2 号的天主堂等。《青岛导游》记载："湛山一带本属欧美教会，现已划入颐养区中。四围森林，掩天蔽日，空气之新鲜，风景之优胜，道路之整洁，在市区中可谓无出其右。西人来青避暑者，均以此处为游息之所。每当夏季，不啻成为一西人村落焉。现在太平角下，亦开为浴场，以供避暑西人海浴之需要。"由此可见，太平角区域的兴建期，相比"荣成路东特别规定建筑地"，也就是后来的八大关区域的开发时间更早。

翻开清代同治年间的《即墨县村庄图》可见，太平角，古称"菉豆岛"（菉，通"绿"），包括 5 个岬角和 5 个海湾，八大关和太平角沿海的部分同属太平湾。地理概念上，太平角虽属后来的八大关范畴，却又相对保持独立。

1929 年，南京国民政府接管青岛后，鉴于老城区已无多少建筑用地，遂将荣成路以东、北至湛山大路、南到太平湾的近千亩土地划为"荣成路东特别规定建筑地"。同时，延续租借地时期的传统方式，针对该地块的建筑密度、建筑高度、庭院、绿地、外部装饰色，甚至围墙等，出台了严格的规定。如

"同一条路上，不得建造同一式样房屋""围墙须用花式铁栏、木栅或石砌成空花""装设新式浴室、厕所"等，极为详细。如此，八大关区域始具备成为一个多元风情的"万国建筑博览会"的条件，并迅速进入开发旺盛期。

八大关是因为该区域先修建了 8 条以长城关隘命名的道路，而后得名的吗？

当然不是。

"荣成路东特别规定建筑地"区域最先建成的道路，是临海而建、高低起伏的山海关路。1932 年《工务机要》记载："荣成路东，依山面海，风景宜人，为特别规定建筑地。第一期开辟之山海关等路路基工程，业于去年完竣。"该路现存名楼较为集中，如山海关路 1 号约翰·高尔斯登别墅、3 号白少夫别墅、5 号丁尉农别墅、11 号王正廷别墅、13 号韩复榘别墅、17 号高桥商会别墅等。而山海关路 9 号别墅，最初是美国海军第七舰队司令柯克上将的宅邸，青岛解放后划归接待楼使用，遂成为青岛著名的"钓鱼台"。1989 年 6 月，柬埔寨西哈努克第二次来青访问，亦下榻于此。

此档案还记载："兹继续开辟第二期居庸关路、临淮关路、韶关路、宁武关路、紫荆关路、荣成路南段（自山海关路至正阳关路）、正阳关路……于去年九月开工，嗣以天气严寒，停止工作，本年三月赓继进行。越三月而始告竣。"由此可知，上述 6 条关路建成于 1932 年。

1935 年，武胜关路、嘉峪关路、函谷关路作为最后一期修建工程竣工。10 条关路名字中，山海关、居庸关、嘉峪关、宁武关和紫荆关，属长城关隘；函谷关和武胜关虽是关隘，但位于河南省境内，与长城无涉；而韶关、正阳关和临淮关，是税关。由此可见，"8个长城关隘""10个长城关隘"说皆不成立。故八大关的名称，多是市民约定俗成的一种叫法而已。

另有一种解释，八大关的称呼源于八关山。八关山是夹在青岛山和小鱼山之间的一个小山丘。

八大关民国别墅群中，知名度最高的建筑，无疑为花石楼和公主楼。而有关两幢名楼的历史传说，虽不过百年，却最为扑朔迷离。

被岛城民间称为"蒋介石楼""蒋公馆"的花石楼，建成于1931年，业主是俄国报业大亨。传说的焦点是蒋介石到底住没住过此楼！从目前存档的史料来看，答案是否定的。蒋介石曾数度来青，但仅有一次下榻居住，时间为1947年10月16日至21日，临时官邸是八大关正阳关路36号义聚合钱庄别墅。

有一种说法，花石楼当时是蒋介石来青的备用官邸，故此楼才有"蒋介石楼"一名。但从花石楼的建筑体量、地理位置和接待能力来看，蒋介石居住在此显然不符合相关要求。

国民政府军统局局长戴笠亦被误传在此住过。1946年3月17日，他乘航委会222号专机自青岛南下。飞机因大雨滂沱、雷电交加而转道，途中在南京江宁失事，人机俱毁。资料显示，16日晚，戴笠下榻在龙口路26号别墅（现36号），而非花石楼。

类似的被以讹传讹的，还有公主楼。很多女孩子天生都有一个公主梦,而坐落在八大关居庸关路10号的公主楼,无疑是一个圆梦的绝佳去处。岛城的大多数传说,皆言此楼是丹麦王子来青游历时,看好此处风景,嘱托丹麦领事馆买地营建,准备将其送给丹麦公主。而出版于1931年的丹麦图书《王储出访东方日记》中,记载了1930年丹麦弗莱德里克王子和妻子玛格丽特公主游览青岛的一段往事。该书中还附有一张王子一行人在迎宾馆门前的集体合影,印证了岛城民间的传说并非空穴来风。玛格丽特公主确实来过青岛,但她不是丹麦公主,而是一名瑞典公主。

目前,从城建档案馆馆藏的建筑档案来看,公主楼地块的挂牌时间是1932年7月,地块最初由浙江商人孙天目竞得,而非丹麦领事馆。此楼实际完工日期则拖至1941年9月,此时距丹麦王子旅青已过去了10年左右。传说虽然美丽,但终究是传说。公主从未来此居住,公主也和公主楼没有任何瓜葛。但公主楼的名声却叫响了半个多世纪,这也是不争的现实。

那么,八大关区域究竟有几条主要的道路呢?

答案是13条。

除上述10条关路之外,该区域另有黄海路(花石楼坐落于此)、汇泉路(东海饭店、白马饭店、蝴蝶楼坐落于此)和荣成路(何思源、赵太侔、刘安祺、周钟岐等人别墅坐落于此)。南北走向的荣成路是八大关建筑最密集的一条马路,往南,原是直通海边,与山海关路交会。1959年汇泉礼堂(八大关小礼堂)设计建造时,选址在荣成路的南端地块,使荣成路成了一条"断头路"。汇泉礼堂也成为其最南端的建筑,虽临近山海关路，门牌号却是荣成路 44 号。

除上述 13 条主路外，后来又命名了 4 条支路，分别是：正阳关一支路、正阳关二支路、正阳关三支路和武胜关支路。皆为南北走向的辅路，不长。

"八大关"这一叫法始于何时？ 1948 年 9 月 12 日青岛《民言报》的一则征地广告上，第一次出现了"八大关路"的文字说法。而 1958 年由青岛日报社编印出版的《青岛游览手册》中，"八大关"始作为官方名称被正式发布，遂闻名遐迩。手册中记载："所谓八大关，是那一带海滨纵横交错的几条马路的总称……这一带的休养所和疗养院的建筑，各具特色，真可说每一座都是出色的艺术品。"

◎分苹果

◎滚铁环

三翰林一圣人

　　辛亥革命后，大批王公贵族和逊清官员纷纷逃离京畿，相中风水宝地青岛，来此聊避风雨、颐养天年。德国行政当局给他们提供了种种便利，为遗老遗少们打开了庇护的大门。此中计有恭亲王爱新觉罗·溥伟、军机大臣徐世昌、状元陆润庠，以及劳乃宣、盛宣怀、傅增湘、于式枚、谭延闿等一百多人。王垿[①]、吴郁生[②]、刘廷琛[③]和后来的康有为[④]，名重一时，被称

①王垿（1857—1933）字爵生、觉生，号杏村、杏坊，晚号昌阳寄叟，山东莱阳蚬子湾人。光绪十五年（1889年）己丑科进士，改庶吉士，授检讨。后升为翰林院侍讲学士、国子监祭酒等。

②吴郁生（1854—1940），字蔚若，又号钝斋，江苏人。出身于书香官宦之家，为嘉庆戊辰科状元吴廷琛之孙。光绪三年（1877年）授翰林，曾任内阁学士、礼部尚书、四川督学等。宣统时，任邮传部尚书、军机大臣、弼德院顾问大臣。

③刘廷琛（1867—1932），字幼云，号潜楼，江西人。光绪二十年（1894年）中进士。曾任翰林院编修、陕西提学使、京师大学堂总监督、学部副大臣等。

④康有为（1858—1927），广东人，原名祖诒，字广厦，号长素，又号更生，世称"南海先生""康圣人"。为新儒学的一代宗师，戊戌变法领袖，中国近代思想家。

为"三翰林一圣人"。

"有匾皆书垿，无腔不学谭"是清末京城流行的谚语。垿，指大书法家王垿。王垿擅书法，尤工行楷，1912年至青岛定居，因思念故里，遂将其位于陵县路25号的寓所称为"寄庐"。

王垿少年曾得父授，具备扎实的书法功底，擅习隶、行、楷等书体，既继承传统，又不囿于传统，勇于创新，世人将其形体长方、端庄秀丽的正行书称为"垿体"。王垿的书法符合当时的审美，广受追捧。老北京的绸缎庄"瑞蚨祥"，天津卫的"谦祥益"等老字号牌匾皆出其笔端。

与那些逊清的贵族遗老不同的是，王垿更富有政治上的远见卓识。定居青岛后，王垿不问政事，整日寄情于山水与书法之间，自得其乐。因其书名之隆，时求书求匾者比肩继踵，而王垿晚年亦鬻书自济，润格甚低，不论求者是巨商大贾，还是贩夫走卒，给钱即写，有求必应。他的后人曾回忆，其清晨5时必起，至家人吃早饭时，所写对联、匾额，已墨迹淋漓，悬满室中。王垿在青期间所题写的匾额招牌，竟远胜于居京所写，青岛商号之牌匾，"垿体"占尽一时之风流，著名的字号有瑞蚨祥、天德塘、聚福楼、顺兴楼、洪兴德、裕长酱园、泉祥茶庄等。

泰山虽云高，不如东海崂。王垿对崂山亦情有独钟，多次登临，著有《崂山杂咏》171首，《青岛杂咏》30首。其题刻众多，著名的有"明霞洞"和天后宫的"有求必应"。

前人有诗云：已闻有匾皆书埒，江右还看刘幼云（刘廷琛）。

辛亥革命后，刘廷琛流居青岛。他忠于逊清，不事民国。袁世凯欲称帝派人游说，他坚拒不出。同乡"辫帅"张勋复辟，刘廷琛积极奔走联络，并出任内阁议政大臣。复辟失败，他始有悔意，深居简出，潜心研习书法、读书和著述。其读书颇勤，甚至撰有一份藏书名录。刘廷琛自幼得父真传，习孙过庭《书谱》不下千遍，书法造诣颇深，以草书著称。在青期间，他致力书翰，临池不辍，曾集汉唐各碑字为联百千，以应众求书者。为岛城题有"礼贤中学校""海天如一""谦益当""厚德西里"题额及"齐燕会馆"匾联等。

岛城书法家刘诗谱曾回忆祖父刘廷琛：其草书虽得力于二王及孙过庭《书谱》，但又在上一代草书传统基础上进一步发展并有所变化。书谱中有三个字连笔者，亦书写自如，毫无牵强之迹。所临《书谱》大字屏幅，流畅妍媚。

时德租界湖南路53号的潜楼内常常高朋满座。熟客大都是在青当寓公的前清遗老，如清末军机大臣吴郁生、铁路大臣吕海寰等。他们甚至组成"十老会"，饮酒赋诗，以琴棋书画自娱。因慕其名，请刘廷琛题匾额者甚众，刘亦借此补贴家用。据闻，刘廷琛有一癖好，如果有人想请其写匾联，须先到岛城著名的东华旅社餐馆请客。只因餐馆老板朱子兴与其关系密切，待酒酣耳热之时，刘廷琛才乘兴研墨抻纸，一挥而就。当时亦有不少人冒他之名卖字赢利，他得知后也只是一笑了之。刘廷琛还是著名的藏书家，时为国内藏家之翘楚。对此，好友吴郁生曾有诗云：

乱离轻乡邑，患难多友生。

荒荒穷岛间，素心乃合并。

劳于轸古谊，陈章郁幽情。

咫尺潜楼上，照席罗璚英。

潜公不下楼，坐拥书百城。

辛亥革命后，吴郁生举家迁居青岛湖北路 31 号，后又在八大关和太平角各建一座别墅。吴郁生擅诗文，工书法，为清末民初书法名家，尤善作擘窠大字，80 岁之后，功力非但未减，反而有所精进。商务印书馆出版的《楹联墨迹大观》一书中，收有他的一副对联：愿携侠士青藤杖，试著仙人紫绮裘。

青岛的前清遗老中，吴郁生是居留时间最长的一位，流居近 30 年，直至逝世。他与王垿一样，始终保持着低调与矜持，在纷繁乱世中独抱一份清醒和超然，远离政治，潜心翰墨，甘为隐士。他的原则是，见面只谈风雅之事，吟诗作画，鉴赏古董，如果涉及政事，则立马推脱有事起身走人。吴郁生自视甚高，轻易不为人书写题字，故他的遗墨甚少。他晚年潜心内典，佛缘深厚，好行善举。1930 年，吴郁生曾向家乡苏州冬季书画济贫会和苏州书画赈灾会捐赠数件书画作品，还将其所写"看公倒海取明月，试以银铺问梅仙"对联捐赠给苏州孤儿院。平时惜字如金的他还亲自手书《心经》多部，分送信徒，广结善缘，青岛湛山寺藏经阁就藏有吴郁生手书的《心经》。

1938年1月，日本第二次占领青岛后，曾多次"发起攻势"逼他就范，但吴郁生晚年一直坚持吃斋念佛，写字养性，不问时事，保持了民族气节。

吴郁生在青岛所书的匾额，有四方路的"瑞芬茶庄"和平度路的"玉生池"。说到玉生池还有段逸事，晚年吴郁生痴迷京剧，程砚秋来青岛永安大戏院演出时，到相邻的玉生池洗澡，看见吴郁生的题匾，喜爱有加，遂于次日专程拜访。两人一见如故，相谈甚欢。据说原本不太喜欢青衣的吴郁生，自结识程砚秋，便改变了自己的喜好，玉生池匾遂成为两人友谊的桥梁。吴郁生还极爱游览崂山，编印了《中国名胜第二十二种劳（崂）山》，并在该书扉页题写了"劳山胜境"四字。汇泉湾畔小鱼山顶曾设湛山精舍，为湛山寺下院，其东侧原立一石牌坊，两面题额"湛山精舍""回头是岸"，乃吴郁生亲书，时蔚成一景，现已不存。

1999年，《中国书法》杂志和《书法导报》联合社会各界，评出了中国20世纪十大杰出书法家，康有为名列第三。

戊戌变法失败后，康有为流亡海外16载，但他一生怀有深厚的青岛情结。1897年11月，德国强占胶州湾，康有为听闻后上书，尖锐指出德占胶澳引发的国情危机，忧国之情溢于言表。康有为自此与青岛结缘，又在晚年定居青岛，且长眠于斯。他赞美青岛的联语"碧海青天，不寒不暑；绿树红瓦，可舟可车"传颂至今。

康有为在书学上，尊碑抑帖，尤重北碑，对青岛平度天柱山北魏遗刻《郑文公上碑》赞誉有加，将其奉为圭臬。康书纵横跌宕，笔势开张，形成了独特的魏碑行楷"康体"书风。

1917年，张勋复辟，康有为和刘廷琛等人参与。失败后，康有为乘船来到青岛，此行拜谒了爱新觉罗·溥伟。在汇泉石矶望海观潮，留下"海水冥蒙望石矶，怒涛高拍入云飞。飞帆渺渺和云水，岛屿青青日落时"的著名诗句。

1922年农历五月，康有为再度至青岛一游。次年，他第三次来青，租居原青岛德国总督副官宅邸（今福山支路5号康有为故居）。此行，他驱车绕岛，登崂山，乘兴赋诗写记，此记后被刻于崂山太清宫后巨石上，洋洋洒洒，蔚为壮观。1924年农历五月，康有为又携儿女等来青岛避暑，此行游崂山，并买下原德国总督副官宅邸，将其更名为"天游园"，其后两年来青均避暑于天游园。

岛城著名餐馆春和楼与青岛同龄，是青岛三大餐饮名楼之一，刘廷琛、王垿两家曾在此宴请恭亲王爱新觉罗·溥伟全家。春和楼匾额先由王垿题写，后又由康有为题写。

1927年3月31日，康有为病逝于青岛居所天游园，葬于其自选的李村象耳山墓地。

辛亥革命后，大批前清遗老遗少为何选择避居青岛？从吴郁生给朋友的信中可一窥玄机：从青岛若乘汽车，则一日可返清宫。除说明两地相隔不远、交通便利外，还透露一旦政坛发生变化，可以抢占先机、入京掌控之意图。

王垿、刘廷琛、吴郁生在青的居所相距不远，故三人走动频繁，经常彼此唱和，切磋书艺。吴郁生曾主考广东，康有为出其门下，依旧制，二人有师生之谊。据传，1923 年，康有为来青，因感师生之缘，亦曾去吴宅持门生帖拜见。

1917 年，张勋复辟，刘廷琛积极奔走参与，吴郁生却依旧在吴公馆写字作诗，莳花品茶。吴郁生曾给刘廷琛题过"大势去矣"四字。复辟失败后，匆匆逃回青岛的刘廷琛在潜楼悔过之时，方真正咀嚼出其中的深意。但这并未影响二人的友情，吴郁生还乐于为刘廷琛之父刘云樵的草书遗墨书写跋语。

相传刘廷琛去世时，原本拟定让王垿为其点主（为故去的长辈补上灵牌上"主"字朱笔一点的仪式）。吴郁生知道后说，王垿原为刑部官员，让他点主不合适，还是自己来点最好。两人友情可窥一斑。

王垿乐善好施。他来青后成立了莱阳同乡会，救济同乡。又捐款修建了齐燕会馆，日渐成为山东京官领袖，后又捐建了会馆的戏楼，并亲题楹联。刘廷琛亦亲自出手，为齐燕会馆题词"齐鲁为礼义文物所宗，谁使海邦同被化；燕赵多慷慨悲歌之士，我来田岛问英雄"。

王垿还在青岛组织了一个耆年会，参加者多为在青的前清遗老，以及当时岛城商界中胶东籍头面人物。每到谁的寿诞，耆年会成员就会在顺兴楼聚会。王垿曾为成员每人撰写一篇《赞》，影响甚大。

康有为自 1917 年首度来青，到 1927 年去世，10 年间，写下大量赞颂青岛旖旎风光的诗篇。在青期间，康有为多次在寓所举办书法、绘画、古董展览会，爱新觉罗·溥伟、王垿等社会贤达均是天游园的座上客。康有为曾到潜楼拜会过刘廷琛。康有为也曾邀请有着师生之谊的吴郁生同游崂山，但吴未同行。自此，两人再无交集。

名
人
与
太
平
角

1922 年 12 月 10 日，中国北洋政府收回青岛，为祈愿和平，将德国人命名的伊尔蒂斯山、伊尔蒂斯角和伊尔蒂斯湾三处，分别改称"太平山""太平角""太平湾"。

为太平角留下赞美文字的作家中，苏雪林是较早来青的一位。1935 年盛夏，她与丈夫来青岛避暑，住在福山路上的国立山东大学教师宿舍。其间，她写下了著名的《太平角之午》。

青岛最高的太平山逶迤引向东南成为太平角的一个土股，像一只靴子似的伸入海中。不过这只靴子和意大利的那只不同。意大利的是摩登女郎的高跟鞋，还带着一截肤光致致的玉胫；而太平角呢，只不过是中国古代做官人所穿的臃肿的朝靴罢了。因其地势偏僻，而风景清幽，故也成为游览胜境。

苏雪林将女性特有的细腻和浪漫，倾注笔端，称此地为"光明之域""水晶之海"。

湛山二路与太平角一路的交叉路口，在高大的法国梧桐的浓荫中，有一座崂山花岗岩石砌洋楼，与不远处黄海路上的花石楼颇有几分相像。此楼建于1931年，日本建筑师大西久雄、俄国建筑师尤里甫和中国建筑师唐霭如都曾参与过设计工作，业主初为英国人魏希德，1935年将此楼转让给英侨贺清。青岛解放后，此楼与周围的诸多别墅一道被划归市交际处。1956年，诗人、南社创始人柳亚子下榻于此疗养。但早在1934年深秋，柳亚子北游京津，归途经青岛，就写下了"海上神仙事渺茫，劳（崂）山金碧尽辉煌。燕齐迂怪君休诮，谡谡松风夹道凉"和"海滨风物信佳哉，缭曲登临往复回。可惜不逢炎夏节，冰肌玉骨照人来"等诸多赞咏崂山、中山公园和海水浴场的诗句。

与诗人的短暂停留不同，1957年至1961年间，时任中国科学院副院长、中华人民共和国地质部部长的李四光曾四次下榻于此。

太平角一路23号，建于20世纪三四十年代，曾是美国人的别墅。小楼位于太平角海滨的一处岩崖之上，庭院开阔，推窗可赏太平湾的万顷碧波，岬角美景可尽收眼底。1954年7月，文坛巨匠郭沫若下榻于此。在青期间，他乘兴游览崂山东线：先至狮子岩下的太平宫，闻听"太平晓钟"；又辗转至崂山唯一的佛教寺庙华严寺，称赞华严胜景"负山函海"，为崂山景色之冠，可以久居。

在寺中，郭沫若欣赏了寺内珍藏的书法绘画作品及文物图书，两部《册府元龟》引起他的兴趣，特别是其中的一部手抄本。《册府元龟》是编修于宋代的一部大型类书，时国内宋版刻本多已散佚殆尽。经与寺僧商量，郭沫若借了几册，将其带回太平角别墅，经过几天的认真校勘，鉴定其为元代抄本，弥足珍贵。

关于此行，郭沫若著作《管子集校》中记录：该年在青岛度假，因张公制介绍，得以借阅崂山华严寺藏明抄本《册府元龟》。另查其年谱，20世纪50年代，郭沫若仅到访过这一次。至今未见到留下的图片资料，殊为遗憾。

太平角一路21号紧邻郭沫若曾下榻的23号。此栋别墅建于1931年，1947年初成为比利时领事馆。1978年盛夏，中央美院教授、画家李苦禅一家，应青岛工艺美术研究所的邀请来青避暑，下榻于此栋临海的幽静别墅。早在1961年，李苦禅就曾来青岛举办过画展和讲座。此次其由弟子张伏山和青年画家汪稼华陪伴，李苦禅参观游览，聊天作画，留下了《高瞻远瞩》《鹭鸶》等多幅国画佳构。

作家沈从文1931年8月自北京迁居青岛，时任国立青岛大学校长的杨振声聘其为中文系讲师。闲暇时，他常从汇泉炮台经花石楼到太平角一带散步。作家巴金曾应其邀请来青岛，沈从文与妹妹沈岳萌一起陪同巴金游览了太平角。20世纪50年代，国家曾安排大批文化名人来青岛疗养度夏，八大关太平角区域一时大家云集。

原文化部部长、中国作协主席茅盾一般喜欢早上或黄昏时到太平湾一带散步。荷花淀派作家孙犁则喜欢一个人在太平角远眺。紧邻太平角而居的剧作家曹禺，在此创作了话剧《明朗的天》。

电影《第二次握手》，是根据张扬同名小说改编的。电影中美国海滩等镜头，都是在太平湾拍摄的。谢芳等演员来青拍摄影片时，则下榻于太平角一带的别墅。

同样，根据老舍的长篇小说《二马》改编的电视连续剧，其有关英国的部分镜头，是在太平角一路3号（现9号）别墅拍摄的。该建筑营建于德据时期，原为法籍建筑师白纳德设计的平层别墅；1940年，英籍工程师克兰姆斯从美国商人傅道孚手中购得，将其翻建成一座典型的英国都铎风格别墅。1946年，该楼曾一度转入英国驻青岛总领事高贺禄名下，为其官邸。新中国成立后，首任司法部部长史良曾在此楼疗养。原中央编译局副局长陈昌浩亦在此长期疗养，翻译俄文马列主义著作。

近些年，太平角区域陆续开放了诸多民国老别墅，这片沉寂已久的区域，再次焕发新的时尚魅力。其中，久藏深闺人未识的宋公馆浮出水面，尤为引人注目。

宋公馆位于湛山一路2号，原称杜华德别墅。1930年，时任南京国民党政府财政部部长的宋子文买下这栋别墅。次年，其母亲倪桂珍来此居住，颐养天年。1931 年 7 月 23 日，倪桂珍在该别墅内因病去世，享年 62 岁。倪桂珍生有三女三子，分别是宋霭龄、宋庆龄、宋美龄和宋子文、宋子良、宋子安。她有三个女婿：一位是孔祥熙，一位是孙中山，一位是蒋介石。故有人说，倪桂珍是民国历史上最威武的母亲、中国历史上最风光的丈母娘。

2017 年以来，太平角一路 19 号等诸多别墅经过重新修茸后，对外开放。先后迎来了作家、文化学者王蒙，书法大家张海，以及欧阳江河、西川、张清华、邱华栋、苏童、李佩甫、金宇澄、张炜、陈应松、石一枫等当代文坛名家。作家阎晶明以"诗意栖居"来表达对太平角美景的钟爱。王蒙先生凭窗远眺，欣赏太平湾沿岸的绿树红瓦、碧海蓝天，心情大悦，称赞此处是作家创作的宝地。他饱蘸墨汁，信笔题词——海阔天空。诗人欧阳江河在此创作了新诗《老青岛》。作家王干乘兴为莫奈花园题写了牌匾，并写下了抒情散文《太平角的咖啡馆》。

从太平角到八大关，故人们虽然已经远去，但却给青岛这座城市留下厚重历史与记忆、独特文化与"传承"。在这许许多多的"传承"里面，至今"存活"着的街道、建筑、树木，仿佛都带有灵性，唯有深入其中，匍匐在那些曾经的真实呼吸中间，才会感受到每一个生命体的历史与温度。

林木八大关

夏天，一场伏雨过后，八大关小院屋角处一棵树的树梢上，忽地冒出一大丛粉红色花，在阳光的照射下，明晃晃的，特别扎眼，真是应了那句老话：雨过花红，云开月朗。

这是一棵紫薇树，大约植于房子建造时期，算起来有80多年的树龄了。紫薇又叫"百日红"，俗话说，花无百日红。紫薇心里肯定是不服气的：我红给你看！紫薇花期果真是有百日之久呢。"痒痒树"，是紫薇的别称，紫薇树的树干是光秃秃、滑溜溜的，淡粉白色，都说用手挠挠它的树干，树叶会微微颤动。小院里的这棵，我挠过，没啥反应，我猜是它年岁大了，不再怕痒了。人也一样。

众所周知，八大关的每一条道路，都有各自不同的行道树。有叶树，有花树；花树少，叶树多。以叶树闻名的，有居庸关路的银杏和嘉峪关路的红枫，山海关路的法国梧桐近年来也备受游客和市民青睐。以花树赢得盛名的，则有韶关路的碧桃和宁武关路的西府海棠。早些年，还有正阳关路上的紫薇。不知为何，如今正阳关路两侧的紫薇渐已消失，残存的几株，也退避一隅，再打不起精神。取而代之的，是另一种花树——广玉兰。

广玉兰和紫薇一样，盛花期在夏季。花是白色的，有些像荷花，所以也称"荷花玉兰"，开得大大咧咧、毫不矜持。

现代作家张爱玲素不喜欢广玉兰，她愤愤地写道：

> 花园里养着呱呱追人啄人的大白鹅，唯一的树木是高大的白玉兰，开着极大的花，像污秽的白手帕，又像废纸，抛在那里，被遗忘了，大白花一年开到头。从来没有那样邋遢丧气的花。

从她的描述看，她说的显然是广玉兰，却白白奚落了一番白玉兰。张爱玲也不喜欢海棠花，据说，她有著名的"三恨"：一恨鲥鱼多刺，二恨海棠无香，三恨红楼未完。

先有太平角，后有八大关。

太平角，清代称"菉豆岛"。德占时期，太平角区域已建有房舍，至 20 世纪 20 年代中后期，别墅群蔚成规模。百年太平角林木葱郁，绿树掩映，自规划建设之初即独具特色，12

条马路各植有不同的行道树，为后来的八大关区域的开发建设，提供了鲜活样板。

太平角一路的行道树，早先是木槿，为该区域为数不多的花树之一，可惜未能适应沿海的气候环境，现已被常绿的日本黑松所替代。太平角海边有几片分散的小树林，遍植此种黑松，其树干婀娜多姿，树型无一雷同，入画颇美。20 世纪 50 年代，岭南画派国画大师关山月等画家来青写生，即有表现太平角松树的精彩的绘画作品。

太平角三路的行道树，是另一种花树——洋槐。此处的洋槐树干粗壮斑驳，老枝纵横，观其为原植之物。洋槐初夏开花，甜香四溢，弥漫周边几条街道，好一幅现实版的白居易"槐花满院气，松子落阶声"诗意图。

挺拔秀丽的银杏树，是湛山三路的行道树。湛山三路与不远处的居庸关路，同为八大关太平角区域最受市民和游客喜爱的两条赏叶大道。相比居庸关路，湛山三路的道路更直，银杏树更多。每至深秋时节，道路两侧"落黄缤纷"，吸引大批银杏叶粉丝和摄影发烧友前来。年岁最久的一棵"银杏王"，立在湛山三路 2 号院内一角，"独木成林"，霜降时节，金黄的银杏树，在旁边一棵火红枫树的映衬下，风姿绝美！正如那首《太平角之恋》歌中所唱："木栈道上的白帆点点，湛山三路的银杏片片。流连在这光明之域，那是我们最美丽的花园。"

太平角的林木，以落叶乔木和常绿乔木居多，如湛山二路和太平角二路的法国梧桐，太平角四路的龙柏，以及零散种植的水杉、雪松、朴树等。太平角区域空气清新，负氧离子含量极高，景色宜人，清幽静谧，百年来一直是避暑疗养的胜地。1934年夏，郁达夫夫妇来青避暑，在此写下"湛山一角夏如秋"的诗句。

秋风起，瓜果飘香，秋天是收获的季节。太平角一条幽静小道上，自然生长的板栗树果实累累。熟透的果实悄然落地，一颗颗结实的新栗，脱掉刺壳，迸裂而出。热锅炒熟，栗子入口既香又糯，是大自然赐予的原生态绿色食品。

太平角邻海的一个洋房小院中，一棵高大挺拔的核桃树，在海风的吹拂下年年丰产。岛城市内核桃树是稀罕物，极少见！在太平角，也仅发现这一棵，其核肉饱满，生食亦佳。

湛山一路2号的宋公馆院内有一棵老柿子树，每至秋季，橙黄的果实摇曳生姿，引来群群喜鹊、斑鸠、八哥、白头翁，立在树梢高处啄食。另有一棵桃树，晚秋时节桃子方成熟，果子不大，蜜甜。此院最有看点的树木，并不是那几棵果树，而是引人注目的两排茂密的龙柏和高大的雪松。据测，此龙柏树龄已达140年，在整个八大关、太平角区域，首屈一指，鲜有敌手。院中央，排列了三棵长满树洞的法国梧桐，其树干之粗，需两位成年人才可合抱，树龄亦在百岁之上。如此多古树名木汇集在此，小院气场之足，可窥一斑。

铁
路
宿
舍

每个时代皆有专属的特别印记。

在青岛，叫铁路宿舍的地方不少。印象中，20 世纪五六十年代，自建宿舍最多的三个单位，分别是铁路局、国棉厂和四方机厂。四方机厂的宿舍，大都建在四方区（2012 年撤销，今属市北区）；国棉厂的宿舍，从四方区绵延到了沧口区（1994 年撤销，今属李沧区）；铁路宿舍则点多面广，不但在市内各区星罗棋布，甚至辐射至周边郊县。

青岛火车站是山东省内最早修建的火车站之一，约始于德据时期的 1900 年，是胶济铁路的起点。德国人在修建胶济铁路的同时，还分别在四方火车站和四方机厂周围，修建了两处职工宿舍。位于海岸路上的一处，称"西公司"；位于杭州路上的另一处，则称"南公司"。

我自小居住的铁路职工宿舍，位于小白干路（一度改为大寨路，现为重庆路）和瑞昌路的交会处，小白干这条从四方小村庄至白沙河的交通干线上，零零散散分布着多处铁路宿舍，以平房居多。更准确地说，我是住在爷爷奶奶家，爷爷是铁路工务段的职工，我们居住的这片宿舍楼，营建于 20 世纪50 年代中期，屋基用浅赭色的大石块垒至半米高，上砌红砖、覆红瓦。爷爷还是建设参与者之一。

小白干路铁路宿舍按组划分，共计四组，每组六至七排不等，每排多则五六户人家，少则两三户，共居住近千人。我家在二组的最后一排，石砌的院墙、乌黑厚实的木质大门，厚重朴质。除有一个前院外，家中还有一个更宽敞的后院，我们把前院称作"天井"。比较特别之处，是院中放有一段黑漆漆的废枕木，上置洗脸盆、肥皂盒、鞋刷子之类物品。枕木经过化学方法处理后，既防腐防蛀，又抵风吹雨淋，很实用。后院用木栅栏和冬青树围了一圈，院中有一棵高大的老槐树，每至春夏之交，槐香四溢，老远就能闻到。另有一棵桃树，是妈妈生我那年栽下的。农谚说，桃三杏四李五。我小时候，桃树已开始结果，果虽不大，却清脆甘甜。我常攀至树上摘桃，用衣服蹭去毛桃上的细绒，边摘边吃。不良后果是，衣服常沾上桃胶，那东西清洗起来非常麻烦。

我家房屋的建筑形制，有些像北方四合院，这在诸多铁路宿舍当中，实属少见。

小白干路铁路宿舍的第一、二、三组，并行排列，组与组、之间，间隔八九米，形成一条条比较宽敞的内街。每排平房相距两米多，自然生成一排排胡同，大金鹿自行车刚好可以在胡同内自由调头。房屋均坐北朝南。第四组独居一隅，坐落在宿舍区的最北端，位于其他三组的侧后方，排列也不规则。自嘉定山上泻下的雨水，经年累月间冲出一条横亘在四组前面的大沟，使之与其他三组自然分隔。大沟穿过宿舍区，在铁路宿舍和相邻的四方机厂宿舍之间，汇成一个大水塘。夏天，芦苇疯长，蛙声一片，小伙伴们常常在此捉蛤蟆、捕蜻蜓。20世纪80年代初，水塘被填平，原址上建了一个露天剧场，经常放映露天电影。山东快书泰斗级人物高元钧先生，曾应邀来此表演，我坐在台下，听得如醉如痴。

铁路宿舍的中心地带，尚有一片开阔地，是放学后孩子们聚集游戏之所，我们称之为"广场"。

爷爷家房屋地势略高，屋外墙西，老人家称之为"屋山头"。退休后，每逢好天，爷爷即会拿上马扎子，到屋山头晒阳阳（晒太阳），大冬天的，也不间断。屋山头紧邻那条大沟，枯水季节，它基本是条旱沟。沟边修有一小段水泥斜坡，我常在斜坡上"擦滑梯"。水泥斜坡粗糙不平，并不滑溜，擦起来挺费劲，架不住我天天锲而不舍地"硬滑"，我不知磨破了多少新衣、新裤、新鞋，后期竟然把它蹭出了一道"光痕"。我搬出铁路宿舍后，两个堂弟接了班，听说又将斜坡擦出了新亮度。这是后话。

上高中，我就读的学校是青岛铁路职工子弟中学，简称

"铁中"，一座始于1925年的老校。同学们大都是铁路子弟，居住的地方，自然也是各种铁路宿舍。20世纪七八十年代以后，虽楼房渐渐开始增多，但我去得最频繁的，仍是铁中后面的宁化路铁路宿舍片区，我的六叔和诸多同学在此居住，放学后或休息日，我常去玩。得空暇时，我们同学几个还会结伴去西康路铁路宿舍同学家串门，路稍远；更远的，到过市郊女姑口铁路宿舍，我的几位女同学偏居在此，她们常常热情地邀约同学们，我们捎带着蹭个午饭，权当是郊外一日游。去女姑口最吸引人的，还得数坐火车，那是一种站站停的超级慢的通勤火车，铁中学生也不用买票，火车跑起来哐当哐当蛮带劲儿。20世纪80年代初，社会上一度流行起录影带，我看的第一部武打片《龙拳蛇手斗蜘蛛》，即是坐通勤火车去蓝村看的。那天我过生日，同学们请的客，算是生日礼物。

时光已去永不回，往事值得回味。我去过的铁路宿舍，少说也得有七八处，感觉皆没有我居住的这处有生趣。楼房片区自不必言，鲜有热闹光景。即便同样是平房宿舍，小白干路铁路宿舍以其占地广、居民多和邻近城乡结合部，给我留下了关于童年和少年时光的不可磨灭的鲜活记忆。

铁路宿舍周围，百货商店、副食品店、菜店、饮食店、理发店、废品回收店、粮店和煤店等，一应俱全，生活较为便利。附近山峦、野坡、池塘、水库、庄稼田环绕，小伙伴们隔三岔五结伴去玩。宿舍附近的嘉定山下，20世纪70年代尚有一处部队的养猪场，我得空闲，拿根长竹竿，专去猪栏里逗"二师兄"玩。那时好玩的东西不多，全凭自个儿动脑筋去创造性开发。

街衢纵横，居民密集，进出方便，故来铁路宿舍走街串巷叫卖的商贩也多。剃头师傅，挑着挑子，手里拿一金属大镊子，将根铁棒从镊子中间快速擦过，弄出"嗡——"的一声长音，颤悠悠的，回声绵长。剃头就在自家天井里，极便捷，价格比国营理发店也实惠得多。

"磨剪子来——抢菜刀"，如此抑扬顿挫的吆喝声，常在某个慵懒的午后，飘忽入耳。磨刀磨剪的师傅，肩扛一条细长木凳，把工具放在两头以保持平衡，长条凳被当成扁担用。磨刀师傅来家后，即在天井里干活。将长条凳支下，磨石摆正固定好，沾上水，便磨起刀剪来。抢子，是另外一种工具，能将菜刀抢薄。我喜欢跟在磨刀师傅身后，有时候自家没活儿，也爱跟着师傅去别人家看热闹，大概是受电影《红灯记》的影响，电影中的磨刀师傅是地下党的接头人。

没有金刚钻，不揽瓷器活。从事锔瓷营生的手艺人，也是常客，多在宿舍内街里如此吆喝："锔锅——锔盆——锔大缸来——"长长的尾音，老远就能听到。闻其声，我一准儿跑去蹲在师傅跟前，盯着看他拉锔弓、打锔钉，满是羡慕与好奇。我家天井大水缸上，自缸沿至缸肚，曾有一条长长的大冲线，后来打上斜斜的一排锔钉，又沿用了好些年。家里个别有彩绘的瓷碗、瓷盘上，也常有一两个锔钉，对那时候的劳动人民家庭来说，此类瓷器属于细货，打碎了也不舍得扔掉，早晚等到锔匠师傅上门修补好，然后接着用。

"换小鸡来——"如此吆喝的中年人，通常肩挑两个大平底筐，说是筐，其实并不怎么深，大约三四十厘米的样子，筐内装满叽叽喳喳的小鸡仔，黄澄澄毛茸茸的，小巧可爱。鸡仔儿可以用鸡蛋换，可以用粮票换，当然也可以用钱买。还有一种卖法，叫作"赊小鸡"，小鸡先赊给你养着，到了一定时候卖小鸡的再上门来收钱。小鸡买来家后，先养在一个大纸箱里，放在热土炕的一头，防止被冻死。开春暖和后，将鸡仔移到天井中的鸡舍。那时的人家普遍喜欢养母鸡，因为母鸡可以下蛋。我每天放学归来的第一件事，就是去鸡舍里掏蛋，再乐颠颠地把几枚新鲜鸡蛋交到奶奶手上，特有成就感。公鸡负责打鸣，天一亮就引吭高歌，有些讨嫌，其寿命相对也短，每年的农历八月十五，便是它的大限，因为老青岛人有中秋节吃鸡的习俗。

最巴望，也是最要紧的，是不能错过的"爆大米花来"的洪亮招徕声。此刻，我会缠着奶奶拿出家中金贵的白米粒或苞米粒，还有适量的糖精，然后带上它们一溜儿小跑，将其交给操作师傅，排上队，耐心等。"砰"的一声闷响后，乌黑的爆米花机后袋里，糖精融入米粒后散发出的甜香，弥漫街面，也让我陶醉不已，那是童年的幸福。论起口感，玉米花最佳，麦子花次之，大米花再次之。

胡同里，还遇到过一次货郎，他也不怎么吆喝，摇着拨浪鼓，挑着挂着"百宝箱"的一副重担子，"百宝箱"内有诸多小抽屉，里面尽是些小玩意儿。我相信，与我同龄的城市孩子中，见识过挑担货郎沿街叫卖的，绝对不多。

铁路宿舍中，从前另一类走街串巷的，是乞讨人。隔不上几天，我家大门就会被"咚咚咚"敲响。来者皆衣衫褴褛，有时手中还拖着个小孩。那是真要饭的，以讨剩干粮为主，拿个大褡裢。奶奶善良仁慈，尽管家里并不宽裕，但从不让来人空手而归。老人家常唠叨：能帮人一把，不推人一把。

俗话说，远亲不如近邻。铁路宿舍内邻居间总体相处和睦，走动频繁。每个月的月中，奶奶会定时打发我去前屋邻居家借钱，每次借 10 元。爷爷开了工资后，再去还上，月月如此。到了邻居家，我扭扭捏捏地开了口，老邻居闻声即给，也无须打借条。那时候，诚信在人们的心中分量挺重。那会儿宿舍里的整劳动力，基本都在铁路上工作，青岛站、四方站、沙岭庄站和机务段、车务段、工务段、电务段、车辆段等，我自小即熟知这些地方。最羡慕的，是客运段职工，人们通常称之为"跑车的"，跑火车，广州车、上海车、北京车、通化车、西宁车皆有。跑车的行头也带劲儿，一身铁路制服加大盖帽，挺括利落。早年间，他们手中提的是一种皮革包，上边印有"上海""广州"等字样和图案，是那个年代的"潮款"。邻居中亦出过几位列车长和段长，那是我们铁路宿舍片区的骄傲。

熟读《诗经》，方知草木有情。

铁路宿舍的东侧，我家胡同口正对着，并排种有四棵树，三棵桑树，一棵枣树。最北边的那棵桑树，不结果子，邻居家养了蚕，桑叶派上了用场。中间的两棵结桑葚，神奇的是，一棵结深紫色果，一棵结乳白色果。市中紫果常见而乳白果鲜见。紫果稍早熟，清甜如砂糖；白果略晚熟，甘甜似蜂蜜。吃口上，白胜于紫。初夏时节，我和堂弟会攀上桑葚树，大快朵颐，嘴唇、牙齿、手上，沾满紫色果浆，手上的，往往几天后才能洗掉。

邻居自家院里种植最多的果树，要数无花果。无花果挂果期长，树也不高，结满成熟果实的果枝经常越过矮矮的院墙，摇曳生姿，"挑逗"着我们的视觉神经和味觉神经。馋急了，我会悄悄爬上邻居家的石墙，摘着吃。被邻居发现了，也无大碍，只是骑在墙头上的自己，倒有些下不来台的样子。

但寄遥遥桑梓地，春光灿灿抱梅枝。

对我来说，小白干路铁路宿舍，即是我的桑梓地，是故乡的代名词。算起来，我在此统共居住了30年，平房和楼房，恰好各占一半岁月。转眼间，离开平房时期的铁路宿舍，整整40年了。

我想念铁路宿舍那棵结白果的桑葚树。

国营浴池

现如今，洗澡在城市生活里，已不算个稀罕事了。昔日的大众澡堂，多摇身一变，转型成豪华的汤泉会馆和洗浴中心，退回三四十年前，可不是这般光景。

20世纪七八十年代，每至春节前，大人们必会带男孩子办两样要紧事：洗澡和理发。洗澡，受当时条件所限，人们一般只有两种选择：一是"找关系"，到国营大中型工厂的职工澡堂"蹭澡"；二是直奔人山人海的国营大众浴池，花钱洗。大众澡堂亦分淡旺季，冬天往往人多，春节前生意最为火爆。夏季相对人少，因多了另外几个选择：可在家冲凉水浴；可去水库、池塘"野浴"；靠海的城市，则有第三种选择，去就近的海水浴场游泳，即青岛人所称的"洗海澡"。

老四方区井冈山电影院（四方剧院）的斜对过，过去曾有个国营澡堂——四方浴池，红火过很多年，为区里唯一，地位不可撼动。那时去浴池洗澡得先在窗口买票，澡票分男票、女票，有白色、粉色、淡黄色、淡绿色种种，皆是薄薄的小纸片儿。一毛多的浴资，不算贵也不算便宜，故人们并不能隔三岔五地勤洗。此处澡堂，拖鞋皆是木制的薄板鞋，穿着走起路来"呱嗒呱嗒"响，像是日本的木屐，老青岛人都叫它"呱嗒板儿"。浴室内气雾升腾，宛如仙境，有一股那个年代特有的澡堂子的味道。小孩子爱在此中穿梭打闹，尤喜玩水泼水。但往往玩得正酣，便被大人们捉到池边水泥平台上，摁下身子"搓灰"。身上积攒了一年的老垢，搓起来常常痛得嗷嗷大叫，大人们却并不理会，照样猛搓。此是我不愿去浴池洗澡的一个主因。

浴后则是愉悦时光。可在宽敞的休息室中小憩，有隔断的小床上皆铺就白色的大浴巾，吸水性好，躺着颇舒服。那时澡堂中服务项目也多，搓背、修脚、理发、刮脸，一条龙服务，很接地气。

最有挑战性的，当属到工厂里"占便宜"，免费"蹭澡"。此需过两道关卡，先得躲过工厂传达室人员的盘问，再是得说服澡堂里的看门人，后者眼睛尤毒。老四方、水清沟、沧口等诸多偏远的国营工厂，我皆去蹭过澡。直到我的二伯父干上了某大型工厂的澡堂管理员，洗澡才方便了许多。在人少的敞亮的大澡堂里泡澡，那叫一个美！

到了 20 世纪 70 年代末 80 年代初，诸地大众澡堂，又发展出另一种功能——住宿。我曾亲身体验过一回。

1991 年夏，我应邀赴京参加一场全国硬笔书法大赛，时客居北京动物园附近一家三星级涉外酒店。我本想活动结束后即刻返程，故一早即退了酒店房间，直赴会场。散会时，来自青岛的一帮朋友邀约第二天一起去拜访京城两位鲁籍资深老艺术家，此亦是我之所求，故行程临时又顺延了一天。

酒店是不好意思回去了。晚饭后，百无聊赖地行走在王府井大街上，北头一家大众浴池的住宿招牌吸引了我。反正也是凑合一宿，我一头扎了进去。美美一顿泡浴后，着床已近晚上 11 点了。疲惫袭来，欲尽快入睡，无奈澡堂里过夜者甚众，室内空气浑浊，周遭鼾声如雷、此起彼伏。我辗转反侧，暗自叫苦。昨夜舒适的星级酒店，眼前嘈杂的大众澡堂，天差地别，心生懊悔，迷迷糊糊似睡似醒中，天亮了。

人有享不了的福，没有遭不了的罪。箴言！

严冬与盛夏

己亥春节，去了江南，又逢大雪。没有暖气的枕河人家，屋中阴湿寒冷，冰手冻脚，颇有些不适，如若穿越到了往昔时光。

20世纪六七十年代的岛城，仍保留诸多农村生活的遗风。我家平房里，正屋左、右各有一个锅台，连通着东、西两间房的土炕。土炕皆用自制的墼盘成，上铺竹篾炕席。炕边横亘一条长木，木头两头各嵌在墙中，以防炕席滑出，我们称之为"炕沿儿"。那时的冬天，极寒天多，上学时，学校教室没有任何取暖设备，我经常冻得"鼻青脸肿"、手脚生疮。出门的"高配"，是臃肿的棉衣、棉裤、棉鞋，外加雷锋式棉帽；"低配"，则常常没有下限了。

放学回家，赶上生火做饭，土炕也就慢慢地热了起来，偎在炕桌上写作业，算是一种享受。火炕的余温，能持续至下半夜。

冬天炕上的褥子，塞满新棉花，暄腾腾的，厚实，舒服。身上盖的棉被，厚且重，多两床以上，优点是夜里翻身蹬不了被子。小寒时节，窗户外沿儿挂起了冰凌，室内尤其冷。夜里要备好暖水袋，家里仅有的一个，留给年迈生病的爷爷。我用的是灌满热水的葡萄糖玻璃瓶。起初瓶子是不敢近身的，太烫；渐过半夜，瓶子开始慢慢变温；到了清晨，即已凉透，我常常一脚将其蹬出被窝。如此反复，颇有些折腾。用此物取暖，最怕遇到胶皮塞开裂导致的漏水，若赶上"水淹七军"，觉也甭想睡了，真可称得上灾难。

另一种传统的冬季取暖办法是生炉子。铁制火炉有一环一环的炉圈，可以逐个取下，调节火势。炉圈上可以烧水做饭，还可支上铁丝架，烤些馒头片、地瓜、枣之类的吃食。奢侈点的人家，烤过墨鱼干，烤熟时发出的鲜香味穿过门缝，特诱人。一般的人家，火炉多烧散煤，散煤亦分三六九等。次等的，非但不好烧，还烟大呛人。条件稍好的家庭，则烧煤块。那时的贫富差距，大约即是散煤与煤块的差距。

冬天的室温，早上起床时大约0℃。火炉照例从上午开始生，一直到晚上临睡前才封上，如此可使炉火延至下半夜再自然熄灭。不可忽视的隐患是，室内空气不流通，极易造成煤烟中毒。煤炉上，往往连接着一节节铁皮烟囱，通向室外。烟囱以白铁皮烟囱为上选，不易起锈。开春暖和后，人们才把烟囱逐节取下，"当当当当"敲掉其内腔的灰渣，此举为"打烟囱"，随后将其仔细包好，放置一隅，留待来年重复使用。

旧时的冬天难挨，夏天也好不到哪儿去。岛上的春天，来去匆匆，很短，不经意间夏天就扑面而来了。

夏季最好的降温办法，首推洗海澡，此是上天赐予海边人的福分。受交通条件的限制，小伙伴们多半是到水库里"野浴"。水库离家并不远，快走一刻钟可抵，下水的小伙伴们赤条条地来去，自称"浪里白条"。那时，我正热衷于背诵梁山好汉一百单八将的诨号。

父亲中午歇班来爷爷家探望我时，会遣我到邻近四机宿舍南头的东山饭店打上两斤散啤酒。啤酒用一只绿色镂空铁皮暖瓶盛回家，倒在一个粗瓷蓝圈的大碗中，刚好满两碗。据他说，喝下去透心凉，可防暑降温。捎带着再打个啤酒嗝，极度满足。散啤的价格，时一角八分一斤，我至今仍清晰地记得。

大人们在家防暑降温的工具，仅一把大蒲扇而已。如今常见的折扇，在那时却是稀罕货，印象中家中仅有一种黑油纸折扇。更高级的，在电影《羊城暗哨》中见特务和公安假扮的特务用过，不经意间用力一甩，折扇"唰"一声打开，带劲儿！

进入三伏天，爷爷发了工资，会买回一推车西瓜，全家欢腾。奶奶选一两个洗净外皮后，将其扔到大水缸中拔上半天，沙瓤西瓜入嘴，冰冰凉，甜而爽。

　　躲避暑气的另一种方法，是钻山洞，如今说来有点不可思议。那个年代曾有句口号：深挖洞，广积粮，不称霸。市内诸山头皆挖了不少山洞备战。我们学校后面的嘉定山就有一个山洞，学生跟大人都称其为"防空洞"。学校防空演习时，我和小伙伴们出入过几回，时间最长的一次，一队人在洞中摸摸索索走了一个半小时，最后竟从小村庄的南山洞口钻了出来。重见天日后，小伙伴们惊得不知所措。防空洞中岩石构造，黑黢黢的，阴凉，是天然的空调房。我们去防空洞要结伴而行，手持手电筒或松油火把，单枪匹马是断然没胆量钻入的。

　　盛夏最遭罪的，还得算夜间。关上门窗，极闷热；开窗自然通风，则进蚊子。一个夏季下来，屋内四壁白墙上，尽是蚊子的斑斑血迹。其实，那都是少年的我的鲜血呀！

　　恍惚之间，旧时市井小民的酸甜苦辣，宛在眼前。

老规矩

没有规矩，不成方圆。

经过几百年的历史积淀，老青岛的原住民沿袭下来的老规矩不少。有些规矩与民俗文化有关联；有些则是约定俗成、口口相传；也有一些老规矩属于陋习，随着社会文明程度的提高，已逐渐被废除。总的来说，老规矩是中华传统文化中的重要一脉。

长幼有序，体现在生活的方方面面。时令瓜果等食物，长辈尚未吃过，晚辈不能先尝，要懂得孝敬。全家人聚餐，有时令或初次吃的食物，要先祭奠一下逝去的老人。我常在年夜饭饮酒前，看到父亲用筷子从杯中往外点酒三下；过年下饺子时，他也在厨房里口中念念有词。那是他和远在另一个世界的父母对话，他希望他们能听到，祈愿他们安息并福佑他们的子孙平安康乐。

有客人带礼品来访，无论礼物轻重，客人走时要回礼，老青岛人称此为"压篓儿"。每当这时，宾主双方会互相谦让几个回合。礼尚往来，互通有无。老话说，来而不往非礼也。客人不主动展示所带礼物，主人不宜当面打开，否则会失礼。此与西礼明显有别。

吃饭时，长辈不动筷子，晚辈不能先吃。回家后，要跟长辈打招呼；出门时，要和长辈说一声，让长辈安心别牵挂。一般来说，长辈轻易不去晚辈家串门、做客、居住，尤其是男性长辈。赵朴初先生曾讲过，父母的家永远是孩子的家，而子女的家，从来不是父母的家。可能即是此道理。

20世纪70年代初，我们回四方湖岛村老家过年时，妇女与孩子仍不能上桌吃饭。后来慢慢改变了。

站有站相，坐有坐相。用青岛方言来说，即不能"歪块着"（站姿、坐姿不正）。上炕要盘腿坐，吃饭不能吧嗒嘴儿，喝汤喝粥不能出大声。只能在自己眼前的盘里夹菜。不能咬筷子，不能乱翻盘中食物。更不许拿筷子、勺子敲碗敲碟，那是乞讨之举。

有人抖腿儿，会立遭长辈训斥：有点福气都给你抖搂掉了。不允许跷二郎腿儿，也不允许小孩玩火，据说玩火晚上容易尿炕。天黑后，不能吹口哨，容易招来"游魂"。没人的屋内，外人不能随便进入。

　　两家孩子吵架，得先教育自家孩子，此为"不护驹（犊）子"。这是倡导睦邻友好，以和为贵。俗话说，远亲不如近邻，即此道理。

　　进了腊月门，规矩更多。不能说不吉利的话，更不能讲话带"死"字，否则会被重重地教训一顿。正月初二送年之前，房间内不能扫地，否则会把福气扫走。祭祖桌上的供品，不能乱动，更不允许偷吃。家里有了喜事，要给故去的长辈"上喜坟"，分享晚辈的喜悦。

　　忠厚传家远，诗书继世长。

　　祖辈们总结的这些方方面面的老规矩，是其生活智慧的结晶，也是民俗文化的重要组成部分，千百年来，影响着我们的社会交往，引导着我们的言论行为，后辈当有敬畏之心。

老电影

20世纪六七十年代出生的那代人，多痴迷老电影，男孩子尤其喜欢两类片子：国产反特片和战争片。那年月，外国电影数量稀少，且多是从社会主义阵营引进的。时有顺口溜总结道：朝鲜电影，又哭又笑；罗马尼亚，又搂又抱；越南电影，飞机大炮；阿尔巴尼亚，莫名其妙；中国电影，新闻简报。后一句是对国产电影正片放映前，经常插播新闻简报的调侃，时称"加演"。

电影《闪闪的红星》是我少年时代至爱的电影之一。我看了不下10遍。20世纪70年代后期，此片在岛城首映后不久，学校即组织师生到井冈山电影院集体观看。影片中，有一段潘冬子的母亲在烈火中英勇就义的情节，伴随着插曲《映山红》激昂的旋律，全校师生哭成一片。那时的人们，感情真挚而单纯，情之所至，哭声此起彼伏，一浪高过一浪。我也哭成了泪人，仿佛牺牲的是自己的亲人一般。这久远一幕，至今清晰难忘。

"小小竹排江中游，巍巍青山两岸走。"此片中的插曲《红星照我去战斗》，一时红遍大江南北。另一句经典台词"我胡汉三又回来了！"成为当年颇流行的银屏金句，人们开玩笑时，多会摇头晃脑冷不丁地来上一句，特滑稽。

《闪闪的红星》看罢，我缠着爸爸弄来两样宝贝。一样，是一枚红色金属五角星，崭新锃亮；另一样，是一支做工讲究的木质红缨枪，大红色的枪缨，银粉的枪头。一枪在手，立马有了小红军的感觉。手持这毫无杀伤力的武器，我曾在父母居住的大杂院的石门外站过岗。当时的我，一定觉得自己特威风，堪比海娃、潘冬子。那个时代，每个男孩子心中，皆有一个英雄梦。

之所以偏爱达式常主演的电影《难忘的战斗》，是因为该片集反特和战争元素于一体，且故事发生在我钟情的江南古镇。与《闪闪的红星》一样，此片中也有一首主题曲至今仍传唱不衰。"滚滚哟激流哟脚下卷咯，滔滔大河手中牵咯。跨过千道弯，踏遍万重险。迎着风雨去战斗。"旋律优美，激荡人心，我至今会唱。

该片有一个令人难忘的故事情节：敌人开设的粮店中的账房先生，趁看押特务的解放军战士不备，用一个大秤砣突袭其头部,将其杀害。这给我留下了心理阴影。以致之后一段时间内,每去粮店见到黑黢黢的铁秤砣,我就心生恐惧,亦联想起电影中牺牲的那位解放军小战士。

"王明德,开门!"是电影《难忘的战斗》中的一句普通台词。王明德是反面人物,不知何故,这句话竟成为当时使用频率颇高的流行语。同学间串门敲门时,都爱使劲拍着木门如此喊上几句。这些陈年旧事,如今思来仍觉好笑。

有人说,昨天的事记不起,过去的事忘不了。上了岁数的人,喜欢怀旧,每逢电影频道重播红色经典老电影,我总忍不住从头至尾看完。那一刻,忆起了少年的我、少年的事。

◎ 大杂院

◎童年时光

照相那些事儿

从前，老百姓管拍照叫"照相"，用照相机来拍照，才算正式。摄影，则属艺术范畴。我的拍照技术，最初是在上高中时学会的。

20世纪70年代，照相机在普通家庭中尚属小众的奢侈品，一般人家少有。人们逢年过节、家有大事喜事或郊游赏花有拍照需求时，首选国营照相馆，那时常去的岛上名店，有街里中山路的天真、万年青，老四方的红艺、四方等。有一年夏天，妈妈带着我和妹妹去逛中山路，碰巧遇到她许久未见的表弟和他新谈的对象。妈妈的表弟不由分说，拉着我们拐进了身后的万年青照相馆，拍了一张"急就章"的照片。此张合影成为我家诸多照片中，最有戏剧性，也最是莫名其妙的一张。每年中山公园樱花盛开之季，国营照相馆照例会在公园南门的樱花树下，设置多个拍照点，故岛上人家几乎都有几张出自老照相馆的昔年留影。

另一拍照的渠道，是去照相馆或经营摄影器材的商店里租借照相机，那时商家按小时收费，还会留下相关证件和押金。

我们是唱着"八十年代的新一辈"成长起来的一代人。20世纪80年代初，我上高中，和同学中几个脾性合得来的，结成了形影不离的"死党"。组合中有两位女生、四五位男生，每逢节假日，六七人会结伴外出郊游，栈桥、中山公园、八大关、太清宫、北九水、华楼山，能想到的好玩的地方，山高路远也去。作为班里的文娱委员，租借照相机和拍照的活儿，通常由我包办。在市内游玩选择的照相机租借馆，是位于莱阳路33号的一家小型照相馆，离前海景点近，借还方便还省钱。照相机的型号，是当时颇为流行的上海产海鸥120，操作简单，一学即会。

120型照相机，要配上120的胶卷才能使用。我最初练手时，主要选择黑白胶卷，一卷能拍16张，价格也便宜。从莱阳路出来，我们一路雀跃。鲁迅公园近在咫尺。海边礁石、岬角凉亭、水族馆门前的石梯，咔嚓咔嚓间，拍下了一张张年轻的笑脸。

第一海水浴场是必去的打卡地。那时候，高高的钟表楼还在，童话世界般的更衣室也在，后来又添了海豚的大型雕塑，我的镜头真实记录了青岛的昔日风貌。八大关，最适宜郊游后野餐。找块绿草地，取出罐头、红肠、汽水、面包，摆满一地。那时候，八大关的游人还不多，极幽静。每次游玩，乘兴而来，兴尽而返。

拍摄完了，胶卷冲洗是重头戏。送去照相馆当然最省事儿，但那年月学生兜里，并没有几个闲铜子。伟人说得好，自己动手，丰衣足食。我的老邻居恰好在四方照相馆工作，精通此道。我在他家里"取了真经"，买回了显影粉、定影粉和相纸等必需品，又向老邻居借来剪裁相纸的铡刀和发红色光的台灯，以我家的吊铺为暗房，摸索着，悄悄地开了工。

术业有专攻。冲洗照片是个技术活，初学乍练交点学费，自然免不了。我为了看一下相纸什么样，忘记了师傅的叮嘱，结果一卷相纸全部曝了光，成为废品，我甚是心疼。吊铺上空间狭窄，夏天闷热难耐，我和同学俩人蜷着身子，挥汗作业，好在后来渐渐上了手，有了经验，当第一张照片在简陋的"暗房"显影时，高兴劲儿自不必说，我们特有成就感。我们不少的老同学手里，至今保存着一些那时手洗的老照片，尽管影像是黑白的，剪裁也不规整，却弥足珍贵，有时代气息。

20世纪80年代后期，一种被称为"傻瓜相机"的全自动摄影产品风靡一时，我的小姨在外贸公司工作，我托她买了一台富士牌的，小巧玲珑，用了好几年。

时光快速推进到20世纪90年代，照相机的品类之多，令人眼花缭乱。我趁在京工作之机，攒钱购买了一台佳能新纪元照相机，款式新颖，手感也好，当然价格也"靓"，花去了我近2000元工资，也值！这款相机伴我走遍祖国大好山河，从岳阳楼、黄鹤楼、滕王阁，到楠溪江、富春江，再到黄山、庐山、衡山、井冈山，前后近 20 年光景，它立下了汗马功劳。如今，它静静地躺在我的抽屉里，闲度光阴。每看到它，人生中的一段段闪亮的日子，像照相机里的胶片一样，划过脑际，永刻心间。

年轻时，我喜欢给别人照相，也乐意别人给我拍照。如今回想起来，却留有遗憾。

我自小跟随爷爷奶奶长大，是爷爷最喜欢的孙辈，我俩朝夕相伴。老人家去世，是 1982 年的春节，那年我才 15 岁，正上初三。受当时家庭条件所限，没有机会，也没去想和爷爷拍一张合影，如今已成为不可弥补的遗憾。年岁久了，爷爷的样子在我脑海中越来越模糊，模糊到只记得他的大概轮廓。每至此时，我都幻想，若有一张和他的合照，该多好！

父亲节那天，我在微信朋友圈里发了一组九宫格照片，是女儿在每个成长阶段和我的合影，引起强烈反响，朋友们夸我是有心人。自女儿出生以来，我每年都会拍几组与她的合影，然后将其冲洗出来，收到影集中，时不时地拿出来端详一番，这比电脑中存贮的照片，更有画面感，更直观，也更亲切。遇到有故事的合影，我会不由得从影集中将其单独抽出来，细细品味，默默回忆。有好几次，望着年轻时的自己和稚嫩可爱的女儿，霎时间，泪眼婆娑了起来。

头等大事

　　若要观察一个人是否真的爱干净，看两点：一看脚上鞋靴的整洁度，二看头发打理得怎样。几乎百发百中。

　　理发，如今被称作"美发"，搁在过去则叫"剃头"。人的一生中，理发的次数多得数不过来，虽称不上是什么稀罕事儿，却也不可小觑。小孩满月、过农历新年、新人结婚，皆免不了约定俗成的理发，这便是所谓的"头等大事"。

　　农历二月初二，民间称"龙抬头"，大江南北的好些地方，都有在此日理发的习俗，多为讨个吉利。20 世纪 70 年代，我居住的铁路宿舍的北头，大寨路百货商店的西邻，即有一家国营理发店。有事没事，我总爱跑到店门口，盯着理发店门外不停旋转的三色圆柱灯，看得出神。

那时候，国营理发店硬件不错，也干净卫生，收费当然相对较高，我曾进去"滑瞄"过眼珠。店堂内皮制的座椅，也有可能是人造革的，看上去蛮高档；铸铁的椅架，刷了白色油漆，想必是方便找头发渣儿；椅子底座固定在地面上，靠背可以放倒，便于理发员为顾客刮脸、洗头。但我一回也未在这里理过发，因为小孩子没钱。

少年时代的理发，多数是在我家平房中解决的。那年月，走街串巷理发的剃头师傅，算准了日子，隔三岔五来我们铁路宿舍片区揽活儿。剃头师傅挑着一副挑担，一头箱子里盛着各类理发用具；另一头箱子里生着火，随时准备给毛巾加热。俗话说，剃头挑子一头热，即指此物。剃头师傅手里拿着一把金属大镊子，将根铁棒从镊子中间快速擦过，弄出"嚓——"的一声长音，颤悠悠的，回声绵长。剃头师傅不能沿街吆喝，这是行规。听到镊子发出的声音，有需求的人家即会出门叫住师傅。剃头就在自家天井里，极便捷，不过理完发要自己洗头，稍显麻烦，当然，价格要比国营理发店便宜得多，每次仅收费一角。

苏州东山镇有条杨湾古街，依稀保留着明清时期的建筑格局，光滑的青石板路、苔藓遍布的屋檐、蜿蜒曲折的幽巷，古趣盎然，游人罕至。一个微雨空蒙的清晨，由当地朋友引路，我探幽至杨湾古道。街口一座颓旧的老屋，门虚开半掩，霉迹斑驳的白粉外墙上，书有歪歪扭扭三个大字：理发店。这勾起了我的好奇心。

推门进屋，老理发师站在一张老式棕黑色皮革制理发椅后，椅背放至半倒，他正给一位长者刮脸。四壁的白墙，眼看着就要失去底色，遍布"屋漏痕"。屋内地面是久违的泥土地，因年岁已久，或是雨天的缘故，反着闪亮油光。座椅前，一面竖镜，两侧印着向阳葵花，一望便知是三四十年前的旧物。旁边落漆的木架上，支有一个冒着热气的搪瓷洗脸盆。理发的工具依然是手动推子，时光蓦然拉回至20世纪六七十年代。恐怕也只有如此偏远的古村落里，老物件、老行当才得以原汁原味地保存、延续。一瞬间不知怎的，眼眶竟有些许湿润。

东山的老朋友周苏国兄，见我对旧式理发感兴趣，遂带我来到一间面向太湖的高级理发室。朋友指着一位素净干练的中年女性，对我说："这是王师傅，在我们这儿服务了一辈子，技艺精湛，下周她就要光荣退休了，今天，让你领略一下王师傅的'顶上功夫'。"洗头、理发、按头、刮脸、修面、采耳，一整套程序下来，足足一个小时。我是第一次在理发中起了微鼾，起身后，通体放松。高手的确在民间呀！

疫情期间，诸多理发店关门歇业，头发长了不免难受起来。某天，我在单位路口的拐角处，发现一个只在早晨一小段时间里营业的街头理发摊，遂毫不犹豫起了个大早，赶来"挨号"。理发员是一位中年外地妇女，理发只是她的爱好，她顺便借此补贴一下家用。她的理发工具颇简陋，只一把电动手推子和一把梳子，另有一个圆铁凳当街而立。她下手极快，动作相当麻利娴熟，只 10 分钟的光景就结束战斗。她拿来镜子让我瞧，我特满意！痛快地交上 10 元钱，乐颠颠地上班去了。

　　由此看来，理发虽为"头等大事"，却也丰俭由人。

时光中的端午节

几年前，我曾写过一篇《端午话食粽》，历数自己走南访北食过的各色各样的粽子。我喜欢吃粽子，并不仅限于端午节期间，日常也隔三岔五到市场上买回一点，解一时之馋。几位朋友知我嗜粽，不时也动手包一点送给我品尝，顺便让我点评一下其手艺，皆大欢喜！现包现蒸现食的粽子，味道最是清芬可人。

小时候养成的饮食口味，通常会伴随人的一生，绝少改变。

我的童年大约是在 20 世纪 70 年代，那会儿物资短缺，食物匮乏，小孩子逢年过节才能吃一点不一样的节日美食。元宵节的元宵、中秋节的月饼、端午节的粽子，皆是翘首期盼之物，过了这个村，再没这个店，想再吃又要等上一年。那时，端午节包粽子的米，不全是糯米，而是掺有一点大米或小米，皆因糯米金贵、限量供应。粽叶多选箬竹叶，食罢粽子，用清水浸泡、洗净粽叶，晾干，一小捆一组扎好，妥善保管，能反复用上两三年。

北方人喜食甜粽，白粽子中多放一两颗红枣或豆沙等。家境稍好一点的，食用时蘸白砂糖；略差一点的，蘸红糖。那年月，工薪阶层贫富差距至多如此。

除了吃粽子，端午节通常还会有一个"粽子蛋"打打牙祭。我家的鸡蛋是自产的，铁路宿舍平房前院的西北角，垒有鸡舍，里面圈养着公鸡、母鸡。公鸡打鸣报晓，母鸡则老实巴交地天天下蛋。我每次放学回家，最开心的就是先去鸡窝里掏蛋，把热乎乎的鸡蛋交到奶奶手里，特有成就感。她老人家和我平时都舍不得吃上一口，得照顾好家里的顶梁柱、整劳力——我的爷爷。

闲暇时光，我常去池塘、野坡、山上捉些蜻蜓、蚂蚱、西瓜虫、吊死鬼来犒赏母鸡，为它加餐改善生活。端午时节，田野里昆虫疯生疯长，种类亦多。

端午节的前一天，奶奶通常会坐在炕上，眼前守着一个大笸箩，手工搓制五彩线绳。端午清早，老人家会在我的手腕、脚腕处，系上她自制的红、绿、黄、白、黑五色彩绳。系绳时，她嘱咐我不准说话。我问为啥，她说说话系绳就不灵了。据传，系五彩绳能避开蛇、蝎、蜈蚣、壁虎和蟾蜍"五毒"。过了节，彩绳不能随便解下或扔掉，依俗要在节后的第一场雨时，丢到水塘、小河或沟渠里，方才灵验。

老青岛人过端午另一个重要的习俗，是拉露水。拉露水要赶早，这是少时最让我头疼的事，清晨四点多，我就被大人硬拽出被窝，一起奔上山。据说，用太阳出来之前野外植物上的露水抹脸会耳聪目明。此日还要拔艾蒿。旧时青岛市区的北岭山、嘉定山、双山、孤山和其他几座无名山上，均长有成片的野艾蒿。传说将艾蒿插在院门两侧，能祛邪驱毒。艾蒿发出的特殊芳香气味，另有驱逐蚊蝇之作用。将艾蒿干透后点燃，亦有同样效果，这是天然的蚊香。

此时节，山坡上的苹果园里，青苹果才刚刚长成幼儿拳头大小，我忍不住偷偷摘下一个，咬一口，涩得让人打战战，只能扔掉。自此，酸涩的青苹果，成为童年端午记忆中不可或缺的念想！

往事如梦了无痕。诸多老习俗、老场景湮没在了城市化的进程中，让人徒生感慨。近年偶然发现一些小区，悄然重视起民俗文化来。端午将至，电梯里早早挂上了香熏包，家门口也新添了一把野艾蒿，它们虽已失去旧时功能，但给足我们仪式感。节日主角粽子的品种，而今只有你想不到，没有商家做不出。但我还是喜欢剥一只红枣糯米粽，蘸一点红糖。那是记忆中的童年味道。老家没有了，小时候的平房也拆了，一只小小的粽子，寄托着挥之不去的深深浅浅的乡愁呐！

路名密码

　　青岛自 1891 年建置至今，城市道路的名称经历过几次大的变化。放眼国内，岛城路名的命名方式，既体现了普遍共性，又展现了特色魅力。

　　德据时期的市区道路，多以德国皇族成员的名字命名，如威廉皇帝海岸、海因里希亲王大街等。1914 年底，日本取代德国侵占青岛，岛城的道路，多改以日本的地名命名，如静冈町、横须贺町等。中国收回青岛后，市区道路名称全部改为中国式路名并延用至今。

　　德据时期，太平路称"威廉皇帝海岸"，威廉二世是德意志帝国皇帝。至日占时期，太平路改称"舞鹤町"，路名源自日本京都府下辖的舞鹤市。中国政府收回青岛后，为祈愿天下太平，将该路命名为"太平路"。20世纪60年代中后期，太平路一度易名为"东方红路"，至70年代中期改回太平路，一波四折。

纵观岛城市区道路，以中国地名命名者居多，如浙江路、南京路、莱阳路等。青岛这种道路命名方式与其他城市相仿。另有几种道路的命名方式，则凸显城市地域个性，很青岛！

> 碧桃雪松几重关？烽火烟云恍惚间。
> 行到落樱小憩处，又见白鸥搏青天。

诗人贺敬之所咏之处，乃是青岛的八大关。八大关以山、海、道路、崖坡、林木与建筑的和谐融合，被誉为"万国建筑博览会"。八大关区域道路以"关"字命名，标新立异。该区域带"关"字的路，共有10条，长期以来，该地却被市民称为"八大关"，只因中国人太喜欢"八"，并无特指。北京有八达岭、八大处、燕京八景，神话传说有八仙过海，清代画坛有扬州八怪，饮食有八大菜系，不一而足。

八大关的10条关路，有7条是以关隘命名：山海关路、居庸关路、嘉峪关路、宁武关路、紫荆关路、武胜关路、函谷关路。前五关为长城关隘，武胜关和函谷关在河南境内。另外3条，则以税关命名，即正阳关路、韶关路、临淮关路。

有了八大关作"示范标杆"，后来，岛城又命名了"八大峡""八大湖"等诸多道路，广为人知。

曾经有一类路名，在岛城早期的道路命名过程中颇为时兴，即以初建时道路起止点的第一个汉字组合成路名，如台柳路、四流路、大沙路、小阳路、湛流干路、小白干路等。我小时候生活在小白干路的铁路宿舍，幼时，听大人们叫着该路路名，但觉新鲜，他们读成了"小白干儿"，让人不由自主地联想到了老白干酒。其实，干，是交通干线之意；小，是指小村庄；白，则是指白沙河。意即，自小村庄至白沙河的交通干线。同样，湛流干路，是指自湛山村至崂山流清河的交通干线。台柳路曾经是中国最早通行汽车的正规公路之一，初建时西起台东镇，东至崂山柳树台，路险且长。鲜为人知的是，四流路，自四方至流亭，分为四流南路、四流中路和四流北路三段。大沙路，是自大水清沟村至沙岭庄，旧时，沙岭庄火车站是重要的货运车站。小阳路，则是自四方小村庄至海泊河的阳本染织股份有限公司，海泊河公园俗称"阳本公园"。如今，大沙路、四流路、台柳路仍旧沿用；小白干路曾一度改为大寨路，现为重庆路；湛流干路现为香港路；而小阳路改为人民路后，道路亦自小村庄延伸至北岭。如今知晓这段历史的人不多了。

国内诸地叫"中山"的道路、公园，普遍易见，皆为纪念中国民主革命的伟大先驱孙中山先生。

岛城市区内，原有两条以名人姓名命名的道路。一条即是中山路；另一条，是湛山寺跟前的芝泉路。芝泉，是"北洋之虎"段祺瑞的字。据说，20 世纪 30 年代修建芝泉路时，他替笃信佛教的母亲捐款 1000 大洋。

城阳区的胡峄阳路,是近年来又一条以人名为路命的道路。胡峄阳,著名理学大家,原名良桐,人称"峄阳先生"。

老
物
件

（一）

岛上有位文友在笔耕之余，擅画大写意葫芦，大作频发，惹来一帮友人品鉴。此公所绘之葫芦，多被称作"棒槌葫芦"，细长溜儿，长相不佳，也说不上有啥用处。

葫芦中能派上用场的，当属亚腰葫芦，模样亦可爱，铁拐李之类仙人和不少江湖郎中身上带着的，正是它。俗话说，照葫芦画瓢。葫芦一剖为二，即是瓢。旧时，瓢是家里日常生活不可或缺的物件，可用来舀水、舀米、舀面，轻快而便捷。

小时候，尤其是炎炎夏日，我放学归来首件要紧事，即是跑回家中，到天井里的大水缸前，用水瓢舀上半瓢水，咕咚咕咚灌下肚去，只想着解渴，全然不顾什么寄生虫。那个年代的学生每年都要打几次蛔虫，这便是原因之一。反倒是打蛔虫的药相当好吃，五颜六色，我们称之为"宝塔糖"，肚里没虫子也爱吃上几颗，特甜。瓢的分量极轻，一般会反扣在缸盖上，扔到水缸中亦不会沉底。

"小扇有风，拿在手中；有人来借，不中不中；实在要借，等到秋冬。"此中所言之扇，多指蒲扇。旧时的暑期，奶奶摇着手中的一把大蒲扇，常常会念叨这首民谣。在没有电风扇、空调的年代，蒲扇是盛夏的御暑利器。

蒲扇，是蒲葵的叶子，唐代白居易曾有诗咏：风扇蒲葵轻。亦有人将蒲扇称为"芭蕉扇"，错了！芭蕉的叶和茎皆软塌塌，不可成扇。而蒲葵扇非但可以扇风取凉，夏天捎带着遮挡骄阳或拍赶苍蝇、蚊子，也相当上手。老画家丰子恺先生擅以漫画形式表现之。

说来有趣，上高中以前，我睡的一直是火炕，这在当时的城市之中，亦不多见。

炕是用墼盘出来的。墼，相当于土砖，透气性极佳。黄泥掺上稻草后，和成糊状，倒入长方木框中，抹平，塑形，泥土风干后即是墼，我儿时跟着爷爷打过一回。火炕上铺红席，也叫"凉席"。席子是用高粱秆劈成的篾子编成的，夏天睡在席上舒服凉快，冬天火炕烧热后，席子也热，故凉席和火炕是"绝配"。如今，泊里红席编织技艺已被列为山东省级非物质文化遗产，像样的席子价格已超过千元。

炕上不可或缺的家什，另有炕桌，多为木制，高约30厘米，可方可长。一日三餐和会客喝茶，皆用此物。上炕的人须盘腿"打坐",不谙此道的来客,常常出糗。我至今都能长时间盘腿,即因从小在炕上打下了好底子。

另一样暌违已久的老物件,是风箱。青岛地区俗称"风先"。幼时,家住平房,正屋东、西各砌有一个大锅台,照例配置了两副风箱。风箱是全木质长方形的,以桐木居多,分量轻。桐木在旧时应用范围颇广,可说是"上得厅堂,下得厨房"。除了风箱,制作古琴少不了它,桐天梓地,即是说,古人制琴以桐木为面板,用梓木作底板。用此木制得的古琴为琴中上品。

楸木风箱亦佳,其硬度适中,不易变形。风箱内设挡板等机关,歇后语"老鼠钻风箱,两头受气",便与其工作原理有关。人坐在蒲垫上,要不停地抽送风箱的拉杆,呼哒呼哒,将风送入,为炉膛火势助力。一边拉风箱,一边往炉膛内填充麦秸秆、木柴,是个力气活儿,得用巧劲儿。我放学归来最愁赶上拉风箱,往往弄不了几下就会喊累,趁大人不注意即拔脚溜号了,奶奶是绝对撵不上我的。

风水轮流转。电动鼓风机和燃气灶普及后,风箱渐渐淡出了人们的视野,在城市中几乎消失不见。但现如今,它又被请到各色民俗博物馆中,名正言顺地成为特邀嘉宾。偶尔邂逅一次,心里难免会涌出一股暖流,忆起往事。谁的乡愁里,会没几样曾经的老物件呢?

(二)

丢手绢,丢手绢,

轻轻地放在小朋友的后面，

大家不要告诉他，

快点快点抓住他，

快点快点抓住他。

这首旧时流行的儿歌，相信人人耳熟能详。手绢，过去普及率极高的随身之物，如今却悄然退出了历史舞台。

手绢，雅称"手帕"，古人亦称之为"鲛绡"，陆游名篇《钗头凤》里，有"春如旧，人空瘦，泪痕红浥鲛绡透"的名句。那年月，学龄前的儿童，常常流鼻涕，天寒地冻时尤甚。手绢遂成为我们那个时代孩子们的必需品。

我兜里的手绢正方形，方格子图案，伸开来，有两个成人手掌大小。我通常会有两块手绢替换使用。男生最常用其擤鼻涕，有眼泪时，若取出手绢来擦拭，会被同学们讥笑，故一般直接用袖子。所以那时候，男生上衣的两个袖口处多油光锃亮。

女生主要用手绢来擦汗，爱哭的，手绢则是个好道具，既可擦拭汩汩而出的眼泪，又可以捂住眼睛干号，博取同情。也有个别女生，喜将手绢扎在马尾辫上，倒也俏皮可爱。比较意外的是，曾见过课堂上男老师将痰吐在了手绢上，又折叠好，随手揣进了上衣兜里，心里硌硬了好半天。现在想来，那年月还没有普及面巾纸，故此应算是文明之举。只是颇操心这弄脏了的手绢，往后还能不能擦嘴擦眼泪。

影视作品中，古人使用手绢，多见于女性，彼时手绢功能与今略有异。古代女子多以手绢掩面，其主要为遮羞之物品；伤心流泪时，当然也用，轻轻点拭。却从未见有用手绢擤鼻涕者。旧时还有一种上了岁数的女人，擅将手绢别在斜对襟大褂的前面，舌战或数落人时，取下捏在手中舞动，手绢成了绝佳道具。此当是手绢的衍生功能。

在相当长的一段时期内，青年男女谈恋爱时，手绢则充当定情信物。那时的人单纯质朴，相处日子久了，女方想要表达感情又抹不开面儿时，多以送手绢传递爱意。当然，此手绢定然品质上乘，若有绣品相赠，最为理想。亦有一种情形，交往中的女生流泪时，男生会掏出一方手绢，为其擦拭。有此亲密动作者，基本可确定其恋爱关系。

我的奶奶生于清朝末年，老人家从不离手的，也有一块素手绢，年岁久了，其本色早已看不出。爷爷在世时，奶奶持家，她的小手绢，曾经包过有限的家用碎毛票，多少有些钱包的实用功能。奶奶打开手绢时，从来都是小心翼翼地取出零钱，再仔细慎重地重新卷好手绢，掖入对襟大褂的内衬，整个过程像是慢动作。后来，奶奶年纪大了，不再管钱，手绢里面经常包的，换成了一种单晶冰糖。老人家晚年嗜甜，爱喝可乐、雪碧，冰糖不离口。她得以高寿，不知与此爱好有无些许关联。

小时候，每至过年，我兜里的手绢，便派上了另一种用场——包炮仗。那时的炮仗多是电光鞭，一百头两百头的，我舍不得一次性放完，拿到火炕上，一一拆开弄散，放在炕席下面焐干，防止受潮。大年三十夜取出，用手绢兜住包好，装在下衣兜里，在院中一个一个点燃后，抛向空中，炮仗炸响。春节过完，手绢也脏了，里面尽是火药末，基本宣告寿终正寝。

时光荏苒，岁月如流。现如今，面巾纸、湿巾的普及，使手绢在不知不觉中，也成了曾经的老物件。

湛山一角

青岛市工务局出版的《青岛名胜游览指南》之《市区之名胜》介绍：

> 太平角，此角在湛山太平山之南，伸入海中，海拔高二十公尺，东与燕儿岛环抱浮山所口，西与汇泉角环抱太平湾，为夏季游暑胜地。有太平角一、二、三、四、五、六各路，及湛山一、二、三、四、五各路纵横交叉……角之东面海滨为太平角浴场，角之南端为太平角公园。

太平角一路和湛山一路是该区域最早建有房舍的两条马路。

太平角湛山一路 2 号，现称"宋公馆"，是一栋建于 20世纪 20 年代的欧式别墅，原业主为美国牧师杜华德。1930 年，时任南京国民党政府财政部部长的宋子文，将此别墅买下，后从上海将其母亲倪桂珍接来此处颐养晚年。倪桂珍放着繁华热闹的大上海不住，为何要跑到偏居一隅的青岛来安度晚年？这要从倪桂珍的家世谈起。

倪桂珍生于清同治八年（1869 年），父亲倪韫山是一名基督教徒，母亲徐氏是明代科学家、礼部尚书徐光启的后裔，同样也是基督教徒。上海有个地方叫"徐家汇"，因徐光启后裔世居其地，又为三水交汇处，故名。徐光启是中西文化交流的先驱，亦是上海地区最早的天主教徒之一，为"圣教三柱石"之首。在上海，徐光启的墓地前矗立着一个十字架，体现了他为教会做出的突出贡献。

在这样一个充满浓厚宗教氛围家庭的熏陶下，倪桂珍幼时即接受洗礼，成为一名虔诚的新教徒，一生坚持广施善行。

除此之外，倪桂珍的丈夫宋嘉树（别名耀如）也是一位牧师。据传，宋耀如本姓韩，后被一位无子嗣的宋姓亲戚收养，便从养父改姓宋，并随其到美国波士顿。完成学业后，宋耀如被派回中国传教，后结识倪桂珍。1887 年夏，宋耀如和倪桂珍在美国监理会新教堂举行了婚礼。婚后，倪桂珍跟随宋耀如到各地传教。

那么, 20 世纪 30 年代初期，太平角又是如何吸引她的呢？

先来看看湛山一路 2 号别墅周围都有些什么样的邻居。太平角一路 17 号，是美国牧师梵都森别墅，建于 1919 年；太平角一路 21 号，是美国牧师希尔恩别墅，建于 1931 年；南侧的太平角一路 12 号，是英国牧师马和德别墅，建于 1925 年；太平角一路 14 号，是美国基督教青年会谭育普别墅，建于 1925 年；太平角一路 18 号，是美国基督教工会牧师戴世珍别墅，建于 1930 年；湛山三路 10 号，为美国牧师梅嘉礼别墅，建于 1926 年；太平角四路 8 号，为美国传教士毕克别墅，建于 1928 年；等等。这一带建筑物业主大都是美、英、法、俄等国的侨民，同时也多为西教信徒。

不仅如此，太平角区域，弹丸之地，在 20 世纪 30 年代初期，居然有三个教堂。分别是黄海路 1 号的天主堂，神父为德国人舒乃伯；湛山一路 23 号的耶稣教西人会堂，亦称湛山角礼拜堂，由居住在太平角一带的牧师和教徒捐资兴建，牧师为美国人罗密阁；湛山三路 2 号的天主堂，主教为意大利人伯长清。由此可见，太平角区域已成为具有教会社区性质的外国人集聚地。加之太平角区域环境静幽、林木繁茂、空气清新，倪桂珍最终成为湛山一路 2 号别墅的新主人。

令人遗憾的是，倪桂珍搬来太平角居住不到半年，即于 1931 年 7 月 23 日突发急症不治而逝。她的去世，据传与其长子宋子文遇刺一事有关。

据闻，1931 年 7 月 23 日，从南京到上海北站的火车上，下来两位身着白色西装、头戴西式圆顶硬壳礼帽的中年人。前面年轻的一位，手里还提着一个黑色的公文包。突然之间，车站站台上枪声大作，手拿公文包的男士倒在一片血泊之中。这就是 20 世纪 30 年代一起著名的政治刺杀事件，主谋是"民国第一杀手"王亚樵。据悉，刺杀目标原来是宋子文，巧合的是，与之同行的秘书唐腴胪当天和宋子文穿戴一模一样，这才让刺客误杀，宋子文侥幸躲过一劫。倪桂珍在宋子文遇刺当日在青岛去世，不免让外界误以为其是受到长子生死不明的惊吓而亡。其实，据传早在宋子文遇刺的前一天，他在南京就接到青岛发来的"母亲病危，速归"电报，宋子文马上嘱咐时在上海的妻子买好隔日赴青岛的机票。宋子文今番自南京赴沪，正是拟与妻子会合后，再赴青岛探母。故而两事纯属巧合。不过，母子连心，这或许也是宿命。

倪桂珍去世后，子女们纷纷来到青岛奔丧，丧事操办得十分隆重，极尽哀荣。

值得一提的是，宋庆龄在政治和信仰上同以母亲为中心的宋家"分道扬镳"，但在生命的最后时刻曾立下遗嘱，嘱将自己的骨灰葬在父母亲的身旁，她最终也选择了上海万国公墓为归宿地。

资料显示，抗战开始后，宋子文将湛山一路2号别墅卖掉。20世纪40年代初，该别墅经德国建筑师李希德改造，加至二层，后一度成为苏联公民协会的办公场所。1953年后，该别墅由国家收购。

小院春秋

（一）四时花木

搬出八大关那座有院子的小洋楼，恍惚有些年头了。

那是一座靠近海边的民国时期的欧式建筑。院子说起来不算小，有前院，也有后院，遍植名树古木。前院的东侧，有两棵粗壮斑驳的老槐树：一棵树龄 50 余年；另一棵，似与小楼同龄，约 80 岁，龙钟老态，已显颓势，歪歪倒倒，往北一角斜去，幸有一大铁架，勉为支撑。每至春夏之交，槐花满树，槐香盈院。海风吹来的淡淡的咸味，与槐花浓浓的甜香气，交织成了小院的初夏畅想曲，好一幅白居易"人少庭宇旷，夜凉风露清。槐花满院气，松子落阶声"的现实版诗意图。

前院中央石砌的甬道，直直地通向楼前石阶。甬道两侧的行道树，是齐刷刷的龙柏。龙柏是常绿乔木，亭亭玉立，经风耐寒。靠西一隅，立着一株晚樱，青岛人爱称之为"双樱"。晚樱花大艳丽，略显土气，气质上，逊色于早樱，即青岛人所称的"单樱"。另植有一棵山茶、一株三角枫、两棵金桂。山茶是青岛市花，也称"耐冬"，一般冬季开花，崂山太清宫里的"绛雪"，是山茶中的"花仙子"。金桂花开中秋，有高香气。三角枫则在秋末最为出彩，金黄色，火红色，霜重色愈浓。因花木花期的差异，小院可闻四时花香。

可使食无肉，不可使居无竹。无肉令人瘦，无竹令人俗。小楼的西南角，植有一大片修竹，微风摇曳，竹影婆娑，猗猗可人，各色鸟儿穿梭其间嬉戏。院中比较特别的乔木，是一棵分着三根树杈细溜溜高挑的软枣树。金秋时节，乌黑的软枣挂满枝头，招来诸多黑喜鹊、灰喜鹊争食。在很长一段时间内，我并未注意，也不晓得这是棵什么树。更确切地说，我是看见掉在地上的软枣粒，才发现了这个秘密。小时候，软枣和软枣糖球价廉，故我能偶尔吃到，对其也有感情，一晃竟有三四十年未再见过。我弯下腰，捡起地上的几颗熟透的软枣，吹了吹，送入口，真甜！童年的味道再次萦绕舌尖。

更有野趣的，是与前院面积大致相仿的后院。其甬道两侧，一边是初夏开白色大花的广玉兰，花开得大大咧咧；一边是海岸上常见的日本黑松。整个院落，以黑松的年岁最久，近百年，黑松身姿挺拔，树干上的树皮若鳞片。后院一角，栽有两棵无花果，夏秋之交，果实累累，但大都成了喜鹊们的腹中之物。有一年，我气不过，弄了一张大网来罩在树上。但我显然低估了喜鹊们的智商，它们想尽各种法子，照吃不误。

最吸引我的，是后院的两畦菜地，里面分别种上了黄瓜、茄子、青椒、韭菜、冬瓜、南瓜和红薯。黄瓜长势最好，年年丰收，能连续吃一整个夏天，那真是实打实的绿色食品。把黄瓜从瓜架上摘下来，在衣服上蹭蹭，即可空口而食，清脆甘甜。茄子和青椒则长得不太像话，完全是一副发育不良的样子，一年的收成，统共炒了两盘菜。韭菜的长势也不妙，韭叶比野草还要细长，更像薤。可贵之处是味道浓郁，远胜菜市场所售之大路货。比较争气的，要属冬瓜，丰年时，结十个八个不在话下，果实个头也大。比较麻烦的是，冬瓜长着长着，瓜蔓就爬到隔壁邻居院里去了。采摘时，有些心虚，倒像是偷别人家的果实。

秋后最盼望的，是红薯的丰收，然而它往往收成最惨淡，几乎年年全军覆没。原先晒一些"地瓜枣"之类的愿望，屡屡落空。幸好一年下来，还包过几回地瓜叶包子，总算是找补了一点。

现今的城市人，常年住在钢筋混凝土的建筑里，如同陶渊明所说的"久在樊笼里"，向往着"复得返自然"的田园生活。拥有一个小院，多少成为一种奢望。故小院中那些曾经看似寻常的春夏秋冬，愈发值得怀念和回味了。

（二）鸟趣

八大关，沿着太平湾畔绵长的海岸线，高低起伏，蜿蜒错落，静隐在繁华热闹的滚滚红尘之中。而今，这一城市建筑规划史上的精品力作，忽忽近百年矣！

海景、崖坡、建筑与林木和谐融合、相互映衬，是八大关的核心特质。在这里，每条道路都有属于自己的行道树。韶关路的碧桃、宁武关路的西府海棠、居庸关路的银杏、嘉峪关路的红枫，都已成为青岛的城市标志性景观。其中，龙柏、雪松和黑松三种常青树年岁最久。山海关路9号的雪松，亭亭如盖，"独木成林"，树龄在百岁之上；太平角宋公馆庭院中的两行龙柏，历经140余年风霜，依旧翠绿如初。如今的八大关，绿草如茵，林木葱茏，非但是人类的向往之地，同样也是鸟类的栖息天堂。

在此安家最久的，是喜鹊。高高的树杈顶端，搭有一个个巨大的鹊巢，特醒目，是无敌的一线"海景房"。八大关里的喜鹊，以黑喜鹊为主，白肚黑身，靛青色的长尾，成群结队，盘桓于此。偶尔也飞来一些灰喜鹊，凑凑热闹，但并不占上风。

据我观察，喜鹊之间是有岗位分工的。在大多数喜鹊觅食之际，总有那么一两只喜鹊，分别躲在两端树杈间，担任警戒工作。一旦见人靠近，立马"嘎——嘎——嘎"高鸣示警，众鹊听到警报，赶忙松开嘴中的食物，一哄而散。负责警戒的喜鹊爱岗敬业，总是最后撤离现场，末了再"嘎——嘎"地叫上两声，收队，每每如此。院子里种的樱桃、软枣和无花果，是喜鹊们的最爱，果子熟至七八成之时，"鸟多势众"的它们就早早地下了口。甜的，吃掉；不太甜的，糟蹋得谁也甭想再吃了。喜鹊的这副德行，让人看着很上火！

每年的农历七月初七，是牛郎、织女相会的日子。民间传说，人间的喜鹊要在这一天，飞到天界上去搭鹊桥。说来也怪，我观察了好多次，七夕这天，喜鹊竟然少得出奇。偶有几只，我想，该是组织上安排留在家里看门的。大千世界的好多事情，有时候真是说不明白。

另一类造访频繁的鸟，是斑鸠。八大关里的斑鸠，多数是珠颈斑鸠，脖子上似是戴着一串珍珠项链，气质高雅，走起路来挺带劲，警觉性也高。珠颈斑鸠的叫声通常为"咕——咕——咕"，有些像布谷鸟的叫声。山斑鸠偶尔也来，斑鸠多数情况下成双入对。

一天，我正在窗前写东西，突然被"砰"的一声闷响吓了一跳。抬眼一看窗外，乖乖，一只山斑鸠重重地撞上了玻璃窗，瘫倒在阳台上。不一会儿，山斑鸠踉踉跄跄地站了起来，剧烈地抖动了一下脑袋。一来可能是撞得有点头晕，想清醒一下；二来也许是在反思自己的眼力劲之差。懊恼中，它瞧见了我，多少有些不好意思，转过头去，歪歪扭扭地慢慢走开了。它一定强忍着泪水！

暮春时节，院中平房有几扇大玻璃窗，半开着透风，不知怎么飞进来两只斑鸠。待我发现时，室内地上已有少许羽毛了，料是它俩已不止一次地撞击过玻璃窗，但就是找不到飞出去的门路。见我来，俩斑鸠显得慌乱无措，又扑棱棱地在屋里乱飞了几圈，白白弄掉几根羽毛。飞累了，畏缩在窗台内沿上，惊恐地斜望着我。我猜，这可能是两只搞对象的斑鸠，本想找个清静的地方谈谈心、拉拉手，却弄得"自投罗网"、遍体鳞伤。我打开大门，将它们放回了大自然的怀抱。也不知道这俩家伙如今成家了没有，过得怎么样了。

如此来看，斑鸠多少有些傻里傻气！

鸟儿争食，同样遵循丛林法则。春日，我将一把小米撒在了窗外，几分钟的工夫，一只珠颈斑鸠扑棱棱飞了过来，四下警惕地望了一会，独自享用了起来。不多时，又来了一只黑喜鹊，犹豫着想凑上去沾光，珠颈斑鸠停下嘴，回身直扑黑喜鹊，黑喜鹊显然不是对手，败退到了一边，眼巴巴地张望着。另一只黑喜鹊过来增援，二打一，珠颈斑鸠毫无惧色，两战两捷。两只黑喜鹊悻悻地溜达到一边，找松子吃去了。倒是几只小麻雀一度贴近珠颈斑鸠蹭食，斑鸠默默地允了。

黄嘴黄爪黑身的八哥，也常来做客找吃的。我对八哥的喜爱，源于中国画花鸟科的画家们，常用水墨丹青表现它。八哥的体形，显然远不及喜鹊，甚至不如斑鸠。八大关的八哥多是独来独往，不与它鸟抢食争吃，以食昆虫为主。

若为常来八大关小憩的诸多鸟儿，搞上一场选秀大赛，头号佳丽，当属戴胜。戴胜鸟头顶长而阔的扇形羽冠。身体多棕红色，头侧和后颈淡棕色，下背黑色而杂有淡棕色或白色的宽阔横斑。相当漂亮，谁见谁爱。

戴胜姿色颇佳，却不像珠颈斑鸠那样高傲，走起路来，有些憨憨的感觉。可能其视力也不佳，我慢慢靠近它时，它只顾低头在草地上找食，毫无警觉之意。待我掏出手机，在触手可及的距离一通狂拍之后，它才抬眼看了看我，扭头而去，却并没有飞走，而是又跳到稍远处寻吃食了。戴胜的心真大！

　　我的窗外，曾有一棵六七十年树龄的高大榉树，枝繁叶茂，遮天蔽日。每至夏季，树梢上经常停满了各式各样的鸟类，叽叽喳喳，鸣噪不停。最多的一次，二三百只黄雀，济济一树，像是在开会，老青岛人称之为"黄翅儿"。我从来没有见过这么多的同一品种的鸟，待在一棵树上。可能它们真的是在开代表大会，共商鸟类大计呢！

　　八大关里的鸟，更多的，我叫不上名字来。他们时常飞到我的窗台上，里外眺望。白头的鸟、彩色的鸟，林林总总，寒去暑至，你来我往。我喜欢观察它们，看它们在树梢上啾啾歌唱、在草地间啄食嬉戏、在此安家育雏。这里是人与自然和谐相处的乐土。

夏虫

是谁破坏庄稼？

蚂蚱！

你为什么不捉它？

蹦跶！

因为它，长了六条腿，

一捉一蹦跶！

　　40多年过去了，这首有趣且朗朗上口的童谣，我至今会唱，它在我的童年里留下了难以磨灭的印记。

　　我们属于"散养"的一代人。爸妈平时忙工作，我自小跟着爷爷奶奶长大，无拘无束，疯玩疯长。20世纪70年代，小孩子们可玩的东西太少，男孩胆子大，捕捉各种昆虫，成为一种颇为流行的野趣玩法。

　　童谣中所唱的蚂蚱，夏天最常见，被认为是破坏庄稼的害虫。小时候，我住铁路宿舍的平房区，出门跑不远，即是一大片野坡和庄稼地，路过的时候，蚂蚱尤多。蚂蚱生性机警，蹦得也快，净往草丛里躲，并不好捉。捉的数量少时，一般会把玩几下，拆去其两条大腿，放生，瞧它落地后痛苦而费力地蹦跶，以此取乐。捉的多了，则用一根根小木棍穿起，在野外点上火，烤着吃，香气四散。虽有些不人道，但谁让它是害虫嘞？

　　麦田深处，另有两个猪腰形的大水塘，小伙伴都称之为"水库"。每至夏季，芦苇丛生，蜻蜓纷飞。捕蜻蜓是我最喜欢的一种"营生"。

　　选一根长竹竿，一头绑上尼龙丝网兜，专挑大个头的雌蜻蜓捕捉。此种蜻蜓，我们称之为"大草"，雄蜻蜓身体是草绿色，头部晶莹闪亮，飞得很快，难捕捉！雌蜻蜓的身体，大部分也是草绿色，只腰肚部分呈白色，故雌雄一望便知。捕到雌蜻蜓后，会在它的腰上系一根细绳，牵着它在水塘边来回摇晃，以吸引雄蜻蜓前来交尾。在雄蜻蜓贪欢的一瞬间，用网兜快速捕住，百发百中。有时候急了，也会用双手去捕捉，偶有失手。此中亦有诀窍，雌蜻蜓要确保全须全尾、活泼漂亮，缺腿少翅、精神不振的雌蜻蜓没有吸引力。

　　当然，最过瘾的，是能一次性捕捉到一对交尾的蜻蜓。这很考验一名捕手的水平。全须全尾的蜻蜓，还是一味著名的中医药材，有中药店常年专门收购。

我家平房后院有一棵老槐树，每至初夏，槐花满树，甜香袭人，老远即能闻到。到了秋天，树枝上会出现不少似茧的小袋子，里面牵出一根根细丝，挂在树上，随微风摆动。茧袋里是一种米色的虫子，俗称"吊死鬼"。从树上把它摘下来，费劲撕开茧袋，即可活捉吊死鬼。小伙伴们享受的是捉虫的愉悦过程，我家那几只下蛋的老母鸡，最惦记的，是吊死鬼肥嘟嘟的肉身。

上学时，读过一篇古文，叫《促织》。促织即是蟋蟀，青岛土话又称"土蜇"。蟋蟀头上有长触角，善跳跃，生性好斗，双翅振动能发出声响。每年夏季的七八月间，是野生蟋蟀叫得最欢的时候，也正是我们捕捉它们的良时。

斗蟋蟀自古有之。小伙伴们每家皆有几个陶罐、铁罐，捉来蟋蟀后，争相比拼，场面热闹刺激。为了找到体格健壮、能征善战的雄蟋蟀，我们一般会在夜晚拿着手电筒，循着蟋蟀的叫声，摸到附近的几座山上，掀起石块，用细网兜捕捉。那时常见的品种有"油葫芦""棺材头"等。最恐怖的经历，是表哥曾带我到嘉定山上的墓地中去捕捉。20世纪70年代那会儿，山坡上的墓地多无人管理，朽棺白骨，暴露荒野，残碑遍地，阴森可怖。表哥说，越是这样的地方，越能找到优良的品种。其实，拉上我同来，也是给他壮胆。整个暑假，我们玩斗蟋蟀玩得不亦乐乎。

炎炎夏日似火烧，让人浑身不舒坦、易烦躁。更烦的是，枝头上蝉的聒噪声，昼夜不歇。蝉，青岛话叫"截柳"。将自制的面筋，粘在长竹竿的一头，粘截柳，是夏日里另一种有趣的玩法，我们乐此不疲。

有一种不起眼的浅褐色的小虫，幼时常见，长不过一两厘米，多足，爬行时呈椭圆形。一旦伸手去捉它，它多会立马缩成一个小圆球，滚去一边。有时它不滚，我们就帮着它滚，小伙伴们都喊它"西瓜虫"，倒是很形象。

"夹板"，黑褐色杂食性昆虫，学名"蠷螋"。夹板虫如若落到我们手里，下场凄惨。小伙伴们通常会生生拽掉它的钳状尾铗，再将一根小木棍捅入其体内，看着它痛苦吃力地爬行，哈哈大笑。那时候，小孩子们也不觉得自己的行为残忍。

蛮多好玩的虫子，难道就没有我们害怕的品种？还真有！

树上的毛毛虫，青岛话叫"扒叽毛子"。在青岛土话中，"扒"，即有"蜇"之意。如被毛毛虫蜇了，一般会说"让扒叽毛子扒了一下"。故见到毛毛虫，我们通常会用树枝挑开，避而远之。同样可怕的，还有一个蚰蜒，俗称"草鞋底"。

池塘中，最怕遇见蚂蟥。七八岁时的一个夏季，我脚底破了个口子，没在意即下池塘游泳了。蚂蟥顺着血腥味，一下子钻进我的脚底，待感觉脚痒回到岸上时，虫子已钻入多半。小伙伴们赶忙用鞋底猛击我脚掌，这招最管用，七八下后，蚂蟥乖乖地爬了出来。听说如果让它进入体内，它会一直钻到心脏，我命则危矣！至今想起，仍心有余悸。

城市化进程加快，如今都市里可见的虫儿愈发稀少。小孩子们也不会再去玩什么昆虫，甚至心生恐惧。一个小小的七星瓢虫，竟会吓得女人孩子大呼小叫、乱作一团，真让人匪夷所思！

北方有嘉木

青岛中山公园，原是德据时期辟建的植物试验场，试植适合岛城气候的花草树木，如樱花、海棠、银杏、水杉、法国梧桐等。老城区内的行道树，种植最广的，应是法国梧桐，香港西路、武胜关路、湛山二路、延安一路，比比皆是。涉海邻湾的山海关路，每至秋末冬初，更是著名的观赏法桐落叶之佳处，落叶缤纷，游人如织。

法国梧桐即二球悬铃木，美国梧桐即一球悬铃木。青岛迎宾馆院内的大草坪旁，即植有一株美国梧桐，比德国总督官邸年岁更久，百岁开外的巨树粗壮高大，树冠枝繁叶茂，独木成荫，引人瞩目。

　　樱花、法国梧桐等皆是 20 世纪初引入岛城的舶来树种，原产于我国且常见的树种，要数国槐。

　　国槐，又叫"家槐""中华槐"。唐代诗人白居易有《庭槐》一诗，诗云："南方饶竹树，唯有青槐稀。十种七八死，纵活亦支离。"由此可见，槐树是北方嘉木。《周礼》中记载了朝廷植三槐九棘，公卿大夫按位分坐其下的礼制。即是说，周代宫廷种有三棵槐树、九棵棘树。朝见天子时，三公面向三槐而立，卿大夫坐于棘丛之旁。后人用"三槐"指代三公，这是周代三种最高官职的合称。可知，古人给予国槐崇高地位。

　　青岛地区的原住民家谱上，多记载祖先来自小云南大槐树。有人考证，小云南在山西省，而非云南省，云南没有大槐树。问我祖先来何处，山西洪洞大槐树。问我老家在哪里，大槐树下老鸹窝。大槐树由此几乎成了世界华人寻根问祖的源头。

　　20 多年前，在山西太原皇家园林晋祠，我见其内有古槐若干，尤以三株最为知名，分别是汉槐、隋槐和唐槐，树龄皆在 1300 年以上。唐槐长势颇旺，葱郁茂盛，树高约 15 米，树冠遮天蔽日。故周柏唐槐与宋彩塑仕女像、难老泉被誉为晋祠"三绝"，其位之尊可窥一斑。

　　岛城老城区内国槐遍植，以槐树为行道树的道路也多，如四川路、栖霞路、太平角三路等。树龄高的，在八九十年的样子，算不上名树古木。昔年在胶南韩家寨山坡上，见识过 400 百多岁的柘树，被尊为"帝王木"，古老而珍稀。市区内的古树，则以银杏居多，天后宫、浮山所、海云庵、小村庄皆有遗存，古树树龄约 500 岁，属明代之物，栽植时间与青岛原住民迁移时间大致吻合。八大关内，宋公馆、蝴蝶楼等院落中的龙柏，皆清代所植，亦是三级保护名树古木。国槐之中，未见称古称尊者，直至见到槐庆德。

槐树还能像人一样有名字？我在崂山北麓三标山下的东台村，大开眼界。一进村口，古槐映入眼帘，枝繁叶茂，华盖擎天。古槐历经岁月风霜洗礼，嶙峋斑驳，老钟老态。树分四枝，除东南一枝被锯掉，余枝各自安好。树前有碑，碑上刻《东台古槐记》。此树种植年代有两说，一说为唐朝开元年间僧人在此建寺所植；另一说，即即墨蓝水先生诗句中记载的宋时所植。唐寺之说，无史料为证，亦不见只砖片瓦。据园林部门测量，古槐树龄 1000 余年，属国家一级保护古树名木。如此说来，古树当属"宋槐"无疑。相传，古槐曾于明朝永乐年间托梦与人，称自己叫"槐庆德"，千八百岁矣。故名。

这样的传说，就多少有些"仙气十足"的味道了。

岛城拥有千年古树的村落中，东台村首屈一指。"一眼千年"的"槐庆德"树冠覆盖范围，超过 700 平方米。时值金秋，古槐结出累累槐角，一串串挂满枝头。槐角是传统中药材，性寒味苦，可清热去火。千年古树结出的槐角入药，还有什么样的火泻不了呢？

蜡梅不是梅

太平角海边木栈道旁，靠北一侧的崖坡上，错落分布着三四丛稀疏的蜡梅。何年何月何人所植，已不可考。它们似乎也从未引起过路人的关注。

我路经这一小片蜡梅时，人已经走过，忽闻有异香，遂又折回头来。此处的蜡梅，如普通之灌木，看上去有些萧条。零零散散黄色的花瓣，尖而小；花开时口半含，并不十分出眼。我猜，其可能是蜡梅中的最下品：狗蝇蜡梅。

蜡梅并不是梅花，此绝非妄谈。在古代，蜡梅称"黄梅"，别号"寒客""久客"。据说，至宋代，苏东坡、黄山谷因其花似蜡，始改称"蜡梅"。传统上，又因蜡梅多开在腊月，故又称"腊梅"。蜡梅为蜡梅科蜡梅属；梅花，则是蔷薇科李属。蜡梅为直枝，花为黄色，蜡质；梅花兼有垂枝，花色以白、粉、红、绿居多。故二花非亲，却似故。

花开两枝，单说蜡梅。

时序尚在冬月，江南友人叶正亭即在微信朋友圈中晒起了绽放的蜡梅盆栽。隔着屏幕，似乎能嗅到小院里的花香。忍不住跑去海边，木栈道旁的蜡梅，才刚刚长出若有若无的嫩苞，一副漫不经心的样子，花期遥遥无望。北方地寒，蜡梅多开在春节前后；江南，蜡梅盛花期则多在腊月，可延续至正月。故蜡梅亦称"冬之花"，谓之不畏寒也。蜡梅有花状如磬口的，称"磬口梅"；花形似荷花的，名"荷花梅"；花色深黄、香气扑鼻且花开较早的，则是"檀香梅"。后者寡见。

有梅无雪不精神。近些年，岛城少雪，大雪尤稀。前岁春节，适在扬州喜遇漫天飞雪，多年罕见！雪霁之后，江南水乡一片银装素裹，美得不可方物。乘兴自瘦西湖游至淮东名刹大明古寺，院中暗香阵阵，幽幽袭人。循香而去，一株百年蜡梅傲雪凌霜，立于禅寺一隅。遒劲的枝干和怒放的黄花之上，压满厚厚的积雪，黄花愈见精神。好一番"梅雪争春未敢降"的诗意图。此景为今生仅见。激动之余，拿起手机狂拍一通，离开时仍依依不舍。

中国古代的文人画中，曾有一个专门的画题——"岁朝清供"。清代金农、高凤翰、任伯年，近当代吴昌硕、齐白石、孔小瑜等皆是此中丹青妙手。岁朝，指农历正月初一，即春节。清供，清雅供品，相对固定的品种是蜡梅和天竺。余之水仙、菖蒲、万年青、山茶、佛手、灵芝以及赏瓶、瘦石等，凑在一起，亦为多见。置牡丹于蜡梅之间，则多少有点牵强了。花时不对！

江南诸园林之中，蜡梅最不可或缺，拙政园、留园、狮子林中，粉墙黛瓦映衬下的黄色蜡梅颇入画，极似吴冠中的水墨作品。近年来，附庸风雅如我，春节时常在家中搞几样清供，聊以自娱。除水仙、天竺、佛手之外，梅瓶中定要插上两支蜡梅，一长一短。瓶中贮水过半。含苞的蜡梅，开在室内，暗香浮动，沁人心脾。亦应景。

花开堪折直须折，莫待无花空折枝。正如那句题画诗所言：插了梅花便过年。

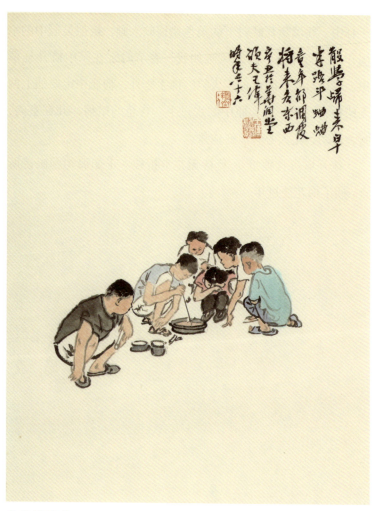

骸骨多媚妩美卓
李清平蛐蛐
童年都调侵
树来名东西
辛丑苍龙润生
颂夫之作
晓庐六十六

◎ 玩蛐蛐儿

◎除夕的鞭炮

太平石

走过太平角的咖啡店，正午的阳光和煦温暖。

法国梧桐树的浓荫下，一对骑单车的欢笑少年。

相遇转角的莫奈花园，你淡淡的笑靥眼波流转。

浅绿色的纱裙随风飘扬，栀子花的清香，身畔飘散。

留恋在这光明之域，那是我们最美丽的花园。

浪花拍打着礁石，潮起潮落，日出日眠。

多么希望时光停格在最初的，相拥的瞬间。

清风拂过书香小院，想起那年夏天的太平角之恋。

走进太平角的咖啡店，往日的身影似隐若现。

木栈道上的白帆点点，湛山三路的银杏片片。

…………

随着这首《太平角之恋》的诞生，2019 年，百年太平角正式拥有了属于自己的歌曲。

太平角，被誉为"青岛最美的海岬"。其所处的海湾被称作"太平湾"，共包括 5 个小海湾和 5 个小岬角。太平角环绕一周约 2.5 千米，此地被现当代作家苏雪林誉为"光明之域""水晶之海"。

先有太平角，后有八大关。

太平角区域的开发，约始于 20 世纪第一个 10 年，至 20 世纪 20 年代中后期，太平角的别墅已成规模，住户以外国传教士、牧师和西教信徒居多。而"荣成路东特别规定建筑地"，即后来的八大关区域的开发，则是 20 世纪 30 年代以后的事了。

广义的八大关，从地理环境上自然分为三个区域：正阳关路以北为北区，游人相对稀少；正阳关路以南为南区，此是八大关的核心区，第二海水浴场和花石楼、公主楼等名楼别墅多汇于此，人气最旺；另外一个即是太平角区域。

太平角虽属八大关范畴，却又相对保持独立。其地山海相依，碧波荡漾，景色清幽，浅海中赭红色的礁石尤为入画，历来被艺术家群体和年轻恋人们所钟爱。

大凡游客每到一个名胜地，多喜欢寻找独具特色的景物，尤其是标志性建筑拍照，以兹留念。北京的天安门、北海公园的白塔，上海外滩的东方明珠塔，福州的三坊七巷牌坊，三亚的"天涯""海角"碑刻巨石，泰山的"置身霄汉"摩崖石刻等，均属此类，个性鲜明，辨识度极高。

八大关尤其是太平角区域，近年来打开诸多历史文化老别墅的大门，引入咖啡店、酒吧、民宿、多国料理、书房、美术馆、文创馆等业态。市民和中外游客纷纷来休闲度假，昔日静谧的海角，渐成为新晋网红打卡地。而作为青岛老城最重要的风景区之一，却长期未有一个鲜明的地标性景观，对每一位观光客来说，确是一大遗憾。

意识到这个问题的其中一人，是王宏。作为区内宣传负责人，他个子中等，衣着随便，微黑的脸上架一副眼镜，眼睛不大，却常常透着智慧的光芒。王宏从职业的视角，敏锐地捕捉到了这一缺憾。

思想的火花需要碰撞。心意已决，王宏立马来太平角找到我。一番闲聊之后，我们很快敲定在金海角度假村木栈道突出的岬角处，立一巨石，在旁边的铁栏杆上增设连心锁和红飘带等，供年轻的恋人们来此打卡留念。

王宏知我谙书法，提议巨石上"太平角"三字由我来题写，我即应诺。后又应他提议，在巨石下方添一句广告语。我撰句：海誓山盟，一生太平。似可与太平角和太平湾形成呼应。

题字一日即成。次日我俩约上王纪商量实施细节。在紧邻岬角的海边二楼茶室里，我第一次见到了王纪。他个子不高，平头，敦实，富态富相，话不多，30来岁即是金海角度假村的当家人了。茶室窗外，海天一色，一碧万顷，恰是巨石所立的最佳选址。"三王"遂一拍即合。

过了 10 来天，王纪喊上我俩再次来到金海角度假村，浅赭色的巨石已赫然在焉，与四围礁石、沙滩、大海形成呼应，效果之佳，出乎意料。我们共同赋予它一个崭新名字：太平石。

说来也巧，太平石落成的第二天，加措活佛因机缘来到太平石前留影。

又过了一天，岛城诸多媒体闻讯纷纷前来采风报道。傍晚时分，海天之间，忽然霞光万道，绚烂夺目，瞬间把整个太平湾的海面渲染得一片通红。所有人都惊呼起来！无人机精准地拍下了这神奇壮观的一幕。

年夜饭

俗话说，百俗看年节。

年夜饭是一年中最重要的家庭团圆宴，隆重而有仪式感。不同地域的年夜饭，食物和风俗迥然不同，正所谓一方水土养一方人。

青岛是座移民城市，原住民大都自明朝初年从外省迁徙而来，至今已有五六百年之久。青岛解放后，社会日趋稳定，人民安居乐业，本地的原住民，吸收、融合周边胶东地区新市民的饮食习惯，共同塑造了青岛地区年夜饭的大体特征。

年夜饭的味道，即是妈妈的味道，也是游子乡愁的味道。老青岛人家年夜饭的餐桌上，过去一般会有几样"同类项"，家家户户忙年时必备，即熏鲅鱼、煿刀鱼、家常烧海鱼、蒸黄米年糕，末了以三鲜水饺收官。

先说凉菜。放眼大江南北，没有一座城市中的人能像青岛人这般喜欢鲅鱼，青岛还由此衍生出独特的"丈人礼"地方习俗。岛城有市花、市树，若评选"市鱼"，鲅鱼则当仁不让。岛上美食家们变着花样，研发出诸多特色鲜明的渔家菜品。如鲅鱼丸子、蒸甜晒鲅鱼、煎一卤鲜鲅鱼、家常烧鲅鱼贴饼子、蒜薹熬鲅鱼等。而唯有熏鲅鱼，常年跻身于岛城人家年夜饭的餐桌上，笑傲美食江湖，由此可见岛城人对它的偏爱。青岛地区的熏鲅鱼，味属五香，斜切厚片，成色乌黑，偏甜，这在重口味的传统鲁菜中算是一个例外，其烹饪方法似与苏帮菜中的熏青鱼有异曲同工之妙。

年夜饭菜品讲究六盘八碗、好事成双。除熏鲅鱼外，出镜率较高的，另有几样凉拌菜，在应季和美味之外，兼有朴素的生活隐喻。如：白菜心拌海蜇皮，是清清白白；卤水花生拌芹菜，"芹"与"勤"同音，寓意勤俭持家；清拌黄豆芽，取其形似如意，寄望家庭平安顺利，有些地方称黄豆芽为"如意菜"。小时候，家里忙年时一般还会自制猪皮冻和冻菜凉粉。猪皮冻呈乳白色，切成条形，蘸着生抽、蒜泥入口，是打耳光也不放手的美味。凉粉是绿色纯天然食物，拌上蒜泥、胡萝卜碎、榨菜碎、芫荽末、海米、米醋等，算作小吃，鲜滑爽口，人见人爱，餐桌上无论老少，都会争着吃上两小碗解解馋。此是最具青岛特色的地方小食，没有之一。

凉菜中，绝缺不了一盘实打实的肉食，那是硬菜。早年间，岛上人家进了腊月门即得托关系找门路，设法买回半个猪头和猪肠、猪肝、猪肚儿等猪下货，自小年后，开始加工卤煮。如此，年夜饭的餐桌上，令人垂涎的卤水什锦拼盘才会惊艳亮相。在肚里缺少油水的20世纪六七十年代，此是大餐，亦是父辈们难得的下酒菜。80年代以后，青岛肉联厂的大红肠、圆火腿、五香灌肚儿等，曾广受市民和游客追捧。再往后，市井百姓中流行起自制香肠，买肠衣，割猪肉，灌肠，晾晒，各施其法，自制香肠风靡一时。五香烧鸡、酱牛肉等岛城人民喜闻乐见的肉食，也轮番上阵，各领风骚好多年。

年夜大餐中，凉菜是前奏，主角当是热炒。岛上人家相对固定的主菜，是一道家常烧海鱼。这条鱼的选择最为讲究，鱼要海捕，全须全尾够斤两，且必须是有鳞鱼。岛上的旧俗讲，无鳞鱼上不了大席。过去常见的海鱼以黄花、黄姑、鲈鱼、白鳞等居多。后来，加吉鱼、牙片鱼、黑头鱼等，也逐渐走上了百姓餐桌。年夜饭吃鱼时，不能一次都吃干净，要留有余（鱼）福；一侧的鱼肉吃光了，禁说把鱼翻过来，渔家最忌讳"翻"这个字，要讲把鱼正过来，皆为图个吉利。除了一道整鱼，还会将先前的煏刀鱼放入锅中熥透端上桌，百食不厌。此处的刀鱼即是带鱼，胶东地区皆习惯这样称呼，故此菜学名应是"煎蒸带鱼"。

靠山吃山，靠海吃海。海边人的年夜饭，自然以各色海产品为主料。热炒菜品虽无固定模式，但一般会有两三道海鲜打底，肉食和素菜互补，凑足八味。如炒（炸）虾仁、炒乌鱼花（条）、炒海螺片、炒腰花、熘肝尖、蒜薹炒鱿鱼条、芋头芸豆烧五花肉等。过去通常还会有一个什锦大烩菜，称"全家福"，主料有水发蹄筋、鸡片、贝柱、鱼丸、香菇、腐竹、木耳、火腿、菜心、玉兰片等。此与广东的"盆菜"、江南的"暖锅"形式上大同小异，皆是年节应景的团圆菜。

山东人素以面食为主食，旧时父辈们眼中的好饭，不过是"包子、饺子、面条子"而已。小年之后，岛上家家户户即开启了蒸枣饽饽、蒸卡花、炸麻花模式。而年夜饭的面食相对固定，通常有年糕。吃蒸年糕是沿袭已久的老传统，寓意年年高、步步高。青岛地区的年糕原料一般为大黄米，即黍米，甜糯而营养丰富，此亦是酿造北派黄酒——即墨老酒的主要粮食。

舒服不如倒着，好吃不如饺子。年夜饭的压轴大戏，是包裹着分币和大枣的饺子，大白菜、猪肉、海米和而为馅。古人讲，春初早韭、秋末晚菘，为蔬中最胜。菘，即是大白菜。小雪节气后收获的大白菜，脆甜多汁，吃口最佳，是天寒期每家必备的"御冬菜"。年夜饭饺子中吃出硬币，寓意来年发财致富；吃到红枣，象征新年有甜头、甜甜蜜蜜。晚辈们吃到，长辈会当场奖励崭新的纸币。此最激动人心，亦是小孩子们拼命吃饺子的动力。

年夜饭下饺子时如果馅露了，绝不能说下破了，要讲"挣了"；不小心打碎了家什，得赶紧口念"岁岁（碎碎）平安"化解。俗话说，年五更死了个驴，不好也得说好。年夜饭的饺子，依旧俗一般不以牛肉为馅，长辈人讲，老牛辛苦干了一年的重活儿，有功，过年可不能吃它的肉。

饺子入了锅，待锅中水沸腾起来，新年即进入了倒计时，年夜饭也渐渐由高潮转向尾声。接下来该是提着灯笼走门串户拜年、放炮仗去了。

下编

艺事云烟

松风画会

　　沧海桑田，世事如棋，转眼间，松风画会结社已近百年，如今知道这个名字的人，恐已不多。

　　1925 年，以清宗室子弟为主要成员的松风画会在北京成立，这是一个丹青爱好者切磋书画技艺的松散性组织。最初的发起人为爱新觉罗·溥忻、爱新觉罗·溥儒、爱新觉罗·溥僩、关松房、惠孝同。

　　松风画会中，若论书画成就和知名度，溥儒是当仁不让的翘楚人物。溥儒，字心畬，辛亥革命后隐居北京西山戒台寺，前后 10 年，自号西山逸士，有"旧王孙"印一枚。他的祖父是道光皇帝第六子恭亲王奕䜣，末代恭亲王爱新觉罗·溥伟是他的长兄。画坛曾有"南张北溥"之说。南张，指张大千；北溥，即是溥儒。1949 年，溥儒移居台湾，他与张大千、黄君璧合称"渡海三家"。

说起来，溥儒与青岛还真有些渊源。1913 年夏，十七八岁的溥儒来青岛省亲，看望在青居住的生母项夫人和长兄爱新觉罗·溥伟，其间，他还在德国人卫礼贤创办的礼贤书院补习德文。

溥儒是孝子，从德国柏林大学毕业后，回国赴青岛看望母亲。溥儒尽管出国留学多年，但骨子里仍保留着传统旗人的习气。这次回国，溥儒还要完成一件人生中的大事，那就是与清末陕甘总督升允的女儿罗清媛在青岛完婚。1922 年夏，溥儒再度来青，为母亲贺寿。

溥儒参与了松风画会的一些雅集，但与画会的关系始终"若即若离"。松风画会的掌门人实际上是爱新觉罗·溥忻。

溥忻，字雪斋，号松风主人，生于 1893 年，其祖父是道光皇帝第五子奕誴，其父亲是载瀛，其父为长子，人称"忻大爷"。松风画会的骨干成员五爷溥僴（毅斋）、六爷溥佺（松窗）、八爷溥佐（庸斋），均是溥忻的亲兄弟，故有"一门四杰"之说。

溥忻饱读诗书，能文善赋，擅画山水，尤精古琴。他曾任北京辅仁大学美术系教授兼主任，工山水、花鸟、人物，尤擅鞍马。新中国成立后，他与管平湖、张伯驹、查阜西等一起创办了北京古琴研究会并任会长，还兼任北京中国书法研究社副社长等诸多社会职务。据传，1966 年 8 月 30 日，溥忻将自己所藏书画尽焚，携一张古琴和幼女出走，消失在茫茫人海之中，不知所终。

松风画会成员惠孝同和启功，20 世纪 50 年代初期来青时，曾到岛上名耆黄公渚先生位于观海二路的小楼拜访。众人泼墨挥毫，诗词唱酬，传为岛城艺坛佳话。

松风画会成员皆有一个含"松"字的别号，如溥忻号松风。画会的名字，也由此而来。溥儞号松邻，溥儒号松巢，溥伒号松窗，启功号松壑，惠孝同号松溪，祁井西号松崖，关和镛号松云，等等。

1983 年夏，爱新觉罗·溥佺曾随北京少数民族和宗教界人士参观团一行，来青岛避暑，小住数日，同行的画家有周怀民、郭传璋、潘素、官布等。他在青挥毫泼墨，留下了《春晓》《松竹双清》等国画佳构。溥佺的画路宽泛，擅山水、花鸟，1956 年，他曾和徐燕荪、王雪涛一起，沿红军长征路线写生，创作了《大渡桥横铁索寒》《韶山》《今日二郎山》等画作，广获好评。爱新觉罗家族画家皆精于画马，溥佺画马师承韩幹、李公麟、赵子昂等，同时受宫廷画家郎世宁的影响颇深，他创作的《万马图》《千骏图》是其一生心血的结晶。他画的风竹，潇洒俊逸，有元代顾安之韵味。北京百年老店荣宝斋曾为溥佺出版过山水、兰竹两套画谱，其艺术成就可窥一斑。

爱新觉罗·溥侗，字厚斋，号西园，别署红豆馆主，人称"侗五爷"。琴棋书画无一不精，尤爱昆曲和京剧，被尊为"票界大王""票界领袖"，亦与袁寒云、张伯驹、张学良合称

"民国四公子"。溥侗偶尔参加松风画会丹青水墨的切磋雅集，但他最感兴趣的，始终是听戏、唱戏、教戏。溥佐曾回忆：溥侗常去溥雪斋（溥伒）家，他一去，（松风）画会就散了，大家都听他唱，他唱得很好。

松风画会中最年轻的成员，是八爷溥佐，他比启功还小6岁，生于1918年。溥佐自幼习画，12岁时，即随五哥溥偕一起生活，后又在大哥溥伒家中住了5年，画风逐渐成熟。1944年，他与堂兄溥儒在天津合作举办扇面联展，声名鹊起。20世纪50年代末期，他正式成为河北美术院校的教师。溥佐是天津画界的八老之一，画山水、花鸟、走兽、鞍马皆得心应手，代表作有《八骏图》《双骏图》等，其与六哥溥佺合作的巨制《松鹤图》，现藏于中南海。

2019年，爱新觉罗·溥佐艺术馆正式落户青岛即墨，松风画会与岛城再续前缘。

松风画会是近现代画坛上的一朵艺术奇葩，其成员不计较世俗声名，不哗众取宠，也绝少开门纳徒为其摇旗呐喊。他们大都是艺术通才，精于音乐、诗词、美术、书法、鉴赏等。随着松风画会成员的相继离去，清宗室艺术余韵成了真正意义上的绝唱。

松风吹过，广陵散尽。

青岛观海

张伯驹（1898—1982），原名家骐，字丛碧，别署春游主人、好好先生，河南项城人。其家世显赫，父张镇芳与袁世凯为姑表兄弟。张伯驹以书画鉴藏、诗词、戏曲和书法闻名于世，被刘海粟誉为"京华老名士，艺苑真学人"。著有《红毹纪梦诗注》《续洪宪纪事诗补注》《丛碧词话》等。

张伯驹书法先学王右军《十七帖》，后学钟太傅楷书。自得宋蔡襄《自书诗卷》后，认为其无姿态而备众美，率真自然，天趣浑成，平中寓深，达书法美学中极高境界。张伯驹顿悟，书风大变。晚年，其书儒雅飘逸，风流婉约，如春蚕吐丝，拙中见巧，自成一格，世称"鸟羽体"。

张伯驹与青岛有缘，亦曾数度来青访友、避暑、交游。据《百年青岛国画研究》介绍，1953 年，张伯驹、潘素夫妇与京城书画名家惠孝同、启功等一起，赴位于观海二路 3 号的山东大学教授、画家黄孝纾家中，与主人吟诗唱和、挥笔泼墨、交流书画技艺。

黄孝纾，何许人也？其字公渚，出身书香世家，以字行。其父黄曾源，光绪进士，授翰林院编修、监察御史、济南知府等。黄孝纾学识渊博，擅书画，工诗词，曾任山东大学中文系教授，时为岛上书画界的泰山北斗式人物，后与赫保真、杜宗甫并称"青岛画界三老"。其宅邸常常高朋满堂，为文人墨客雅集之所。

1956 年，张伯驹与叶恭绰、郑诵先等发起成立北京中国书法研究社并任副主席。

1962 年 8 月，王雪涛、吴镜汀、田世光、崔子范、俞剑华、钱松嵒、陈大羽、亚明、王个簃、江寒汀等南北画坛翘楚，云集于青岛交际处招待所，研讨中国画风格问题。在吉林省博物馆工作的张伯驹，同年 2 月刚刚摘掉"右派"的帽子，并在 5 月出任博物馆副馆长，心情大好，遂在此时携夫人潘素来青消夏，一同参加了书画雅集活动。

1979 年 8 月 1 日，张伯驹再度来青，在青避暑数日，下榻于湖南路的华侨饭店（原新新公寓）。

张伯驹善作联语，1972 年，其为陈毅元帅所撰之挽联曰：

仗剑从云作干城，忠心不易。军声在淮海，遗爱在江南，万庶尽衔哀。回望大好河山，永离赤县。

挥戈挽日接樽俎，豪气犹存。无愧于平生，有功于天下，九泉应含笑。伫看重新世界，遍树红旗。

挽联对仗工稳，大气磅礴，曾得到伟人毛主席的赞赏。张伯驹亦十分喜欢海上名山崂山，客居岛城时，曾撰有一联曰：

迎来海外三千履，望尽齐州九点烟。

形容来青外国游客之多，赞美东海崂山之高，登之可尽览齐鲁大地无限风光。

1981年夏，张伯驹、潘素夫妇与南京画家魏紫熙、伍霖生，天津画家慕倩（慕凌飞），苏州书画名家费新我、蒋风白，以及杭州画家卢坤峰等，在山东美协副主席黑伯龙的陪同下，再次来青避暑作画。为岛城留下不少书画佳构。

张伯驹善词，出口成章，其诗词文章格调上乘，得宋人气息，多有姜白石、张孝祥之余韵。其咏青岛之作《望海潮·青岛观海》词曰：

鲸波吞日，蛟涎吹雾，滔天势欲横流。鼍鼓地摇，神旗电闪，萧萧万马惊秋。飞雨卷齐州。看黑风水立，白浪山浮。海表苍茫，微身一粟梦蜉蝣。

扶阑放眼登楼。纵银河倒泻，不浣清愁。归思箭端，雄心弩末，千斤难射潮头。好待霁光收。又分离断雁，来去闲鸥。检点囊中，半残图稿画沧州。

词中颇有苏东坡、辛稼轩之豪情。

隋展子虔所绘之《游春图》是中国现存最早的山水画卷，是当之无愧的国宝。相传，张伯驹当年为了收购此卷，避免国宝流失，变卖了房屋和夫人的首饰，几近倾家荡产。张伯驹寓青时，将夫人潘素所绘《仿展子虔游春图》捐赠给了青岛市博物馆，博物馆的文物捐赠功德墙上，记录了这段艺坛佳话。

刘海粟曾评价老友张伯驹的可贵之处还在于：所交前辈多遗老，而自身无酸腐暮气；友人殊多阔公子，而不沾染某些人的纨绔脂粉气；来往不乏名优伶，而无某些人的浮薄梨园习气；四围多古书古画，他仍是个现代人。

润
物
无
声

梅兰芳，字畹华，中国京剧表演艺术大师，发展和提高了旦角的演唱和表演艺术，形成一种风格独特的艺术流派，世称"梅派"。他曾荣获美国波莫纳学院和南加利福尼亚大学名誉文学博士学位，故亦被尊称为"梅博士"。

1952年8月，中国戏曲研究院院长梅兰芳率梅兰芳剧团来青，自8月18日至9月9日，在平度路永安大剧院演出，为抗美援朝募捐。梅兰芳主演了《贵妃醉酒》《霸王别姬》《宇宙锋》《玉堂春》等传统经典剧目，演出场场爆满，在岛城轰动一时。演出票价为8000至28000元（旧币）不等，票价共分6档，依次为：8000元、15000元、18000元、20000元、

25000 元和 28000 元，军人、烈属一律半价优待。时小米市价每斤约 1200 元，八一牌面粉每袋约 75000 元，简装的壹枝笔香烟每条约 12700 元。即是说，用 24 斤小米的钱就可以买张最好的票，戏票并不贵。

青岛之行，历时约一月。梅兰芳夫妇、儿子梅葆玖、保姆、琴师等人，下榻于中山路 2 号交际处第一招待所，此处毗邻前海栈桥风景区。剧团的王少亭、姜妙香、萧长华等演员和随行人员，则下榻在旁边湖南路上的新新公寓。

平时，梅兰芳喜欢着一身中山装，温文尔雅，待人和气，谦逊有礼。每场演出，他都嘱咐给招待所工作人员留出几张戏票。某次留票不够，梅兰芳即让人用他的小轿车载着众人，从戏院演员出入的便门进了场。可见梅先生待人接物诚恳谦虚。

其间发生过一个小插曲。据传，某日两部门联合宴请梅先生，因接待人员工作疏忽，原本定于 12 点的午宴，一直耽搁至下午 3 点才开始。梅先生始终耐心等待，客随主便。

梅兰芳回京前，工作人员每人得到一套演出剧照和一张梅兰芳免冠照片。梅先生还在每张照片上签下了自己的名字。

心灵的第二故乡

在 20 世纪中国美术界，刘海粟既是一位"破坏者"，同时又是一位创造者。一方面，在家庭环境的影响下，他深受中国传统文化熏陶；另一方面，他站在新文化运动思想的前沿，大胆探索、借鉴西方文化艺术，曾有"艺术叛徒"之殊名。

刘海粟，江苏常州人，中国新美术运动的拓荒者，现代美术教育的奠基人，在 80 多年的美术教育和创作生涯中，创作了大量国画、油画、书法和诗词作品。1912 年，刘海粟与乌始光、张聿光等创办上海图画美术院（上海美术专科学校前身），新中国成立后历任华东艺术专科学校校长、南京艺术学院院长、上海市美术家协会名誉主席等。刘海粟早年习油画，曾两次到欧洲游学考察，遍访法国、德国、意大利、瑞士等国，巴黎大学教授路易·拉洛拉曾称他是"中国文艺复兴大师"。其晚年十上黄山，创作了大量泼彩泼墨国画作品。

1983 年自夏及秋，88 岁高龄的刘海粟携夫人夏伊乔由泰山、曲阜、济南漫游至青岛，一路考察历史文化古迹。刘海粟在青岛乘兴游览了海上第一名山——崂山，见到太清宫三清殿后的摩崖石刻，康有为那苍劲有力的墨迹使他悲喜交集。他说："我是康有为的学生，青年时代受过严师教诲，苦练书法，谈诗论文。今日我虽已年高力衰，尚能悬笔书画，是先师康有为为我打下的好基础。"他当即挥毫，为太清宫留下"道法自然"四字榜书。

此行，刘海粟在莱州云峰山上讲，北方书圣郑道昭的上、下碑，集魏碑诸家之长。在他的呼吁下，近 2000 岁的张迁碑待遇得到改善，在岱庙安享天年。史晨碑、乙瑛碑、孔宙碑、张猛龙碑等一批至宝，照明环境得到改善，容光焕发地展现在中外书法爱好者面前。

刘海粟对《郑文公碑》及郑道昭书法也多有研究和推崇。年轻时曾随康师练过上、下碑。他认为，郑道昭是历史上罕见的大家，写墓碑端庄而内涵灵动，不僵不滞……这一点，与康有为对郑书的评论一脉相承，可见其受康师影响之深。此后经年，刘海粟书法虽在字形笔画上保存了康师书法的一些特点，但已开始追求独特的艺术个性，逐渐跳出了康体的樊篱。自 1957 年被错划为"右派"，到"文革"时期受到冲击、历经磨难，刘海粟却能从浮躁中解脱出来，并成就了他的艺术，最终在晚年走向顶峰。这一点，同世界上诸多艺术家惊人地相似。

1984 年秋，应青岛市政府邀请，刘海粟夫妇再度来青，居住在八大关山海关路 1 号法式别墅，共计百余天。此行主要是为业师康有为撰写《南海康公墓志铭》。文末其铭曰：

> 公生南海，归之黄海。吾从公兮上海。吾铭公兮历沧海。文章功业，彪炳千载！

洋洋洒洒，端庄凝重。康有为最后的居所，位于福山支路 5 号的天游园的"康有为故居"五字榜书，也是刘海粟所写。蕴含浓厚碑学遗风的墨迹中，仍旧依稀可辨康体书风的影子。这或许亦是对康师的另一种纪念吧。

8 月 26 日，刘海粟乘兴到平度天柱山寻访郑文公上碑，观罢，饱蘸浓墨题写"环玮博达，绝壁生辉"八字榜书。

刘海粟擅即兴书画，并常常自作诗词，题跋画端。而他的题跋也自成一格，往往在大小、疏密、浓淡等方面"出奇制胜"。他曾讲："画家要多练几种字体，以适应不同画面之需要……莫要死抱住一体不变。"如 1983 年，刘海粟在重游泰山时，作水墨泰岱一幅，画作左下角即席题诗曰：

> 望九韶华兴不穷，漫图东岳大观峰。
> 群峦突兀喷微雨，独立苍茫啸大风。
> 翠柏青松皆挺出，凌霜傲雪更葱茏。
> 何当再踏昆仑顶，饱揽天机入画中。

新加坡作家周颖南先生收藏了刘海粟致他的 39 封书信，这些书信均写于"文革"时期。书信写得随意自然，顺畅通达，是刘海粟纵横挥洒的最真实自如的笔墨，正所谓书为心画。从这些信札的笔墨中可完整领略刘海粟的书法功力与艺术修养。有的写得很"狂"，潦草，直率；有的写时心境平和，落笔细腻、从容；有些写得中规中矩；但更多写得随意淡然。

1983 年 10 月，青岛市政府和青岛市文联曾在八大关小礼堂为他举办欢迎座谈会。会上，刘海粟慷慨激昂，畅谈他半个世纪以来的艺术人生，并对繁荣祖国艺术事业表了决心。会后，他兴致盎然，手持斑竹大笔，做了现场书画示范。他在一张宽约 2 米、长约 5 米的宣纸前，沉吟片刻，神情若定，骤然运笔，即兴悬腕作巨幅苍鹰国画。画罢，蘸墨题词曰：

空谷古松起怒涛，苍鹰突出霜月高，四顾九霄动矫翅，八荒六月生寒飙。落笔虽惨淡，肃杀气不减。森森戴角爪如铁，迥若愁胡眦欲裂，朔风吹沙秋草黄，长空洒尽妖禽血。

笔走龙蛇，酣畅痛快。有人请他为此幅作品起个名字，他言语豪气："我的题诗，每一句都可以是题目。"

刘海粟此次作画所用宣纸，是市委专门遣人自青岛市博物馆中取回的老纸，用 6 张六尺宣纸拼接而成，如羊绒般细腻。据说，当时刘海粟本想作其晚年最拿手的巨幅泼墨泼彩，但因宣纸拼接后，接缝影响画面效果而作罢。

刘海粟名气大，年龄高，省里曾专门打来电话要求，不准任何人当面索求作品。其间还有一个插曲。据说1984年刘海粟夫妇来青，时值青岛流亭机场扩建，飞往青岛的航班全部借用胶州的军用机场降落。胶州就承担了辖区内的接待任务，将刘海粟一行从机场接到招待所，设宴款待，并婉转提出要求，希望他能为胶州留下一幅画作。没料到刘海粟听罢，一口回绝："今天没兴致，下次吧！"

与此不同的是，在青期间，刘海粟曾主动写了多幅书法作品答谢，如《爱》《朝晖》《美意延年》《振兴中华》《闻鸡起舞》《跃马争春》等，一些送领导，更多的送给了身边朝夕相处的服务员、厨师和忙前跑后的摄影记者等。据闻，有工作人员曾自废纸篓中，捡出刘海粟筛掉的一幅书法习作，婉转请托夫人夏伊乔钤了印章，收藏起来。谓之捡漏，恰如其分。

1983年至1985年间，刘海粟夫妇连续三年来山东访问、疗养，他称齐鲁大地是"心灵的第二故乡"。

秋风八大关

在中国近现代书法史上，有两位声闻遐迩的女书家大放异彩，被尊称为"北游南萧"。"北游"，是指在哈尔滨工作的游寿；"南萧"，是指生于贵阳居于南京的萧娴。

1918 年，十几岁的萧娴，应邀为广州大新百货公司落成典礼书写丈二楹联：大好河山，四百兆众；新辟世界，十二重楼。一鸣惊人，被誉为"粤海神童"。1922 年，在上海愚园路游存庐康宅，萧娴正式拜师康有为，成为南海门下最出色的女弟子。

1985 年 10 月，80 多岁的萧娴和康门弟子刘海粟等一众人来到青岛，出席康有为迁葬和墓碑揭幕仪式。这是已知萧娴唯一的一次青岛之行。萧娴一头雪白的短发，个子不高，更像是一位邻居家的普通老大娘，和师兄刘海粟的健谈外向相比，她是沉默而安静的。在青期间，萧娴参观了位于福山路上的康有为故居和崂山太清宫康有为石刻，在海涛声声的栈桥回澜阁，萧娴写下一副深情缅怀康师的对联：维新百日，垂鉴千秋。她的书法，深得康有为书法之真味。

南京雨花台景区"江南第二泉"碑刻，是萧娴昔年所题，影响甚大，广受褒扬，刘海粟评价其作"端穆苍秀"。此行，下榻的八大关风景区秋高气爽，凭海临风，萧娴心潮澎湃，挥笔写下"碧水无穷海，秋风八大关"的八尺对开楹联，长撇大捺，纵横驰骋，真是巾帼不让须眉。她写字时迸发出的激情豪情，令人难以相信这是一位80多岁的老太太。

亦文亦武

武中奇原籍济南长清，是从齐鲁大地走出去的书法大家，生前曾任江苏省国画院副院长、中国书法家协会理事、江苏省书法家协会主席等职，其书法融隶、楷、行，欧、颜、魏于一体，自成面貌。

20世纪八九十年代，武中奇曾多次来青疗养休息，为岛城留下诸多书法佳构。时应当地领导和企事业单位之邀，他亦题写了诸多门头招牌，部分题字至今仍沿用。

位于太平角的原交际处第四招待所，20世纪80年代易名为"太平角宾馆"，武中奇来青即下榻于此。应馆方的盛情邀请，他挥毫题写了饭店招牌。至90年代，宾馆已改为"太平湾宾馆"，此时恰逢武中奇再次下榻该处，入住太平角一路16号楼。馆方有些难为情，心怀忐忑，请求其题写一个"湾"字。武中奇听罢亦愉快地应允题之。

在工作人员眼中，武中奇为人随和，节俭而朴素，爱讲故事，尤其喜欢讲在部队时的战斗故事。据说，他曾带领一排战士，用步枪打下了敌方的一架轰炸机，一时成为"三野"的传奇人物。

武中奇自幼嗜书法，在《九成宫醴泉铭》《郑文公碑》《泰山经石峪金刚经》等拓本上下过苦功。在青期间，其一般早上5点起床，洗漱完毕即挥毫写字。他资历老，名气大，求字者众。每日，他将手上所欠之"书债"挥写完毕，再交由其夫人钤印后，始到户外活动一番，生活起居颇有规律。

来青期间，武中奇曾先后为崂山华严寺、青岛站、海天大酒店、山东国际贸易大厦等题写了招牌，为《青岛晚报》题写了报头，还为崂山风景区题写了"海上名山第一"刻石。他风趣地讲了另外一个小故事。

话说上海刚解放那会儿，上海市人民政府需要悬挂新牌。由谁来题写，提到了陈毅市长的议事日程上。当时上海的资本家们感觉，解放军打仗行，能写好字的恐怕没有几个。最终，陈毅市长把重任交给了时任上海市政府秘书科科长的武中奇。之前沈尹默题过一稿，后因其字体过于文气没被采用。武中奇题罢，陈毅市长赞道："好！我要的就是这个！"观望的资本家们一看也服了：解放军打仗行，文化人也不少！

在青期间，适遇武中奇过生日，有友人前来敬酒，祝他长命百岁。他听罢眼睛一瞪："我现在 90 多岁了，还被评为江苏省的健康老人，你就让我活到 100 岁？"

后来再有访客去祝寿，皆改口祝他活到 120 岁了。

身为山东老乡，武中奇亦重乡情，身边服侍的服务员、厨师等工作人员，大都得到过他的书作馈赠。在青期间，他还将本市书法家杨在茂收至门下，传为艺苑佳话，拜师仪式亦是在其太平角下榻处举办的。

2006 年 3 月 29 日，武中奇在南京病逝，享年 99 岁。

一次难得的雅集

　　1983 年 10 月，刘海粟携夫人夏伊乔等人，漫游至青岛，下榻在八大关风景区内的山海关路 15 号楼。此行，他访山探碑，会友叙旧，赋诗作画，心情格外愉悦。青岛文化艺术界也抓住这次难得的机遇，促成了与刘海粟夫妇唯一的一次书画合作。

　　此时的刘海粟，声誉鹊起，备受瞩目，在国内艺术界举足轻重，一时风头无两。雅集由时任青岛市文化局局长、文联副主席马龙青牵头组织，邀请岛上名家张朋、冯凭、宋新涛、汪稼华等人共同参与。考虑到刘海粟年事已高且地位特殊，青岛决定雅集"分两步走"。第一步先邀请其夫人书画家夏伊乔,与岛城名家共同在八大关小礼堂进行先期创作。第二步再将合作后的作品,交由刘海粟润色题识。

敞阔明亮、庄重典雅的小礼堂内,画案上铺好了一张巨幅宣纸,乃是用三张六尺整纸拼接而成的,仅横裁去一小截。众人议好各自要画的内容,由张朋首度开笔。他在宣纸的最右侧酣畅淋漓地画了一株老松,苍劲有力的主干伸展出一长一短两枝分权。张朋添上松针和两个松球收尾后,马龙青拿起了画笔。他自松树底部,顺势向左上方斜画出一块巨石,墨色点苔,赭石着色。松树与巨石的夹缝中,汪稼华适时添加了一两株木芙蓉,墨叶红花,画面中有了些许跳跃和生机。

气质高雅、和善微胖的夏伊乔则笑呵呵地拿起毛笔,贴着巨石左侧,斜画出一丛茂密的墨竹,笔力雄健,巾帼不让须眉。画面的最左侧,是最年长的冯凭所绘的一片傲霜之菊,墨叶黄花,透着精气神。宋新涛则在画面的最上方添了三只生动传神的八哥:一只停憩在松枝上,双目炯炯,目视左方;另两只自右向左,正展翅飞翔。最后,由年纪最小的汪稼华通篇收拾,点染润色。大家通力合作,完成了第一步。

刘海粟所居的山海关路15号楼紧邻小礼堂。合作的巨制被带到面前,他凝神审视了一番,遂提笔在张朋所画的松树上稍施重墨,古松厚实了许多。他又将整幅画皴皴点点,最后,在画作的左上方,即冯凭所绘菊花的顶端,信笔竖题"粗枝大叶,拒霜魄力"两行霸气的浓墨大字,落款"刘海粟题 年方八八"。他解释说,粗枝大叶可以多角度理解;而松、竹、菊等,都是拒寒霜之物。

　　紧接着，夫人夏伊乔二度执笔。夏伊乔在嫁给刘海粟之前已是一名优秀的书画家。其在刘海粟题识的左侧，平行复题一段颇见书法功力的款识，内容如下：清秋，一九八三年十月十五日，青岛市政协文联招待会，张朋画松，马龙青画石，冯凭画菊，汪稼华画芙蓉，宋新涛画鸟，夏伊乔画竹并题。一幅大气磅礴的水墨精品之作，终得完璧。

　　据悉，此次笔会雅集并无政协人员组织或参加。刘海粟时为全国政协委员，画作中出现此种题法，或许是他另有考量。不得而知。

　　书画雅集，其实是流行于中国书画家之间的一种交流切磋形式。有的画家喜欢在人多的场合展示笔墨技艺，观者越多越来劲，如刘海粟；有的画家则喜欢一个人关起门来悄悄地画，技法秘不示人，如李可染。刘海粟性格直爽，"好出风头"，在书画雅集中的表现，往往亦是如此。他的弟子简繁，记有刘海粟亲口所述的一次笔会经历，颇为有趣。

　　那次民国年间的雅集，聚集的多为金陵和海派名家，计有傅抱石、黄君璧、陈之佛、吴湖帆、贺天健、王个簃和刘海粟等。笔会由刘海粟开笔。他先画了两株拿手的苍松；海派领袖吴湖帆顺势在松下补一石坡；后"渡海三家"之一的黄君璧画远山；傅抱石则在石坡上添加了石头；陈之佛于松下补了一丛红梅；贺天健添双船，补石坡、远山；王个簃补添了菊花。合作完毕，刘海粟见画作气韵不够统一，遂提起笔来浓浓淡淡地皴皴点点，通篇进行了一番修补。此举惹得傅抱石等人十分不快，当即给予脸色。刘海粟事后无奈地发牢骚说："其实我也是好意！"

  20 世纪 80 年代，以刘海粟当时的身份地位，地方画家与其合作的机缘当少之又少。故此次雅集，青岛画家难掩兴奋，一起与他在其居住的别墅前合影留念。物换星移，40 多年过去了，如今画作尚存，却物是人非。当年参加雅集诸君，除汪稼华先生外，均已作古。

  2023 年 2 月，我在青岛市美术馆举办的满堂红——赫保真艺术研究展学术研讨会上，偶遇 83 岁高龄的汪稼华先生，他对 40 年前的那次雅集盛会，记忆犹新。

从容谈笑自生风

（一）梨园情愫

欧阳中石是著名的文化学者、书法家、教育家。诚如诸多先辈一样，他淳朴敦厚的长者之风、敏捷缜密的思维、从容淡定的谈吐，使人难以忘怀。

结识的机缘，在甲午初夏的岛城。

那天在他住处，我见欧阳中石正端详身后的一幅书法作品，遂趋前介绍说："这是孙墨佛的墨迹。他是咱山东莱阳人，辛亥革命老人。他和儿子孙天牧同为中央文史馆馆员，到目前无人比肩。"

欧阳中石颔首道:"对,我们很熟。我有一张照片,三个人。一个我,一个孙墨佛,另一个是张伯驹。"他娓娓道来。

我接过话头:"丛碧先生诗词写得可真好!"

他微微一怔,侧过脸来看着我说:"你竟然知道丛碧?"

显然,欧阳中石对我知晓张伯驹略感惊讶。

"我敬佩和喜欢张伯驹先生的风骨,上周我还抄录了他的一首词《望海潮》。他的书法也特别出新,被称作'鸟羽体'。"我解释道。

"我的诗词就是跟他学的,他是我的老师。"他有些激动。

话匣由此打开。欧阳中石接着讲:"张伯驹是河南项城人,出身于官宦世家,盐业银行就是他们家的。伯驹先生年轻时有张照片,穿长衫,那真是帅气。"

我接过话头:"我知张伯驹,戏也唱得好,师从余叔岩,下苦功学了不少戏。同时代的名票还有溥侗……""红豆馆主!"欧阳中石插话道,"再有袁世凯次子袁寒云(袁克文),也是名票,民国四公子嘛!"我渐渐放松下来,和他一起聊了起来。

说起戏,欧阳中石精神为之一振。

"奚先生(奚啸伯,京剧四大须生之一,欧阳中石师父)也跟余叔岩学过戏,还有孟小冬。师父曾代余叔岩在《群英会》中扮鲁肃,出了大名,也曾因学戏求教于红豆馆主。"

我了解一些欧阳中石拜师奚啸伯的掌故,也知道他是奚派京剧第一传人,唱功可媲美奚师。据说,1985年,石家庄举办纪念奚啸伯诞辰75周年演出,最后一出戏是奚派名剧

《白帝城》。欧阳中石饰演的刘备一上场，其扮相就引起轰动，再一张嘴，唱，念，更是掌声雷动，他神似其师，观众认为是"奚啸伯再现"。此皆源于欧阳中石与奚啸伯30多年形如父子的生死情缘。

欧阳中石讲，奚啸伯每次到济南都住在关友声家（嘤园），他们是把兄弟。

"关友声可是山东画界四老之一！"我说。

"其他人呢？"欧阳中石发问。

"有黑伯龙、弭菊田和岳祥书。"

他频频点头道："都是老朋友啦。"

欧阳中石说："我在济南一中上中学，季羡林还是我校友，我们也是老朋友了。他比我大17岁。"

据闻，重感情亦重乡情的欧阳中石曾为北京大学季羡林铜像题字，并亲赴揭牌仪式。

他兴致正高："张伯驹有个女儿叫张传彩，她的丈夫楼宇栋毕业于燕京大学，著有《张伯驹传》；楼宇栋的胞弟楼宇烈（北大教授、冯友兰弟子、国学大家）又是奚啸伯先生的女婿。"

我亦听说，奚先生女儿婚事的牵线人，正是欧阳中石。

张伯驹是欧阳中石的老师，奚啸伯又是欧阳中石的师父，这些近现代的名流，都与他有着千丝万缕的渊源。

欧阳中石兴致益然："清末时候，许多王公大臣酷爱京戏，皇帝严令禁止，要知道王公出来唱戏是下流事。旧时代戏子是'下九流'之一，连剃头的，搓背的，修脚的都不如。后来王公大臣拼命要求，慈禧也就开恩了，每年给他们一点时间，让他们可以出去演出。清廷颁发一种'龙票'，持'龙票'的，方可参与唱戏演出，过戏瘾，'票友'一词，由此而来。"他对艺坛掌故、梨园逸闻如数家珍。

我想，溥侗、袁寒云、张伯驹都应属票友中之翘楚，其学养和功力之深，后人恐无法企及。

和欧阳中石谈天是一种享受。

他曾讲过一件趣事。某次有人登他家门求字，一口一个"大师"地叫着。欧阳中石赶忙示意打住："您叫我大师是给我降格了，我比大师大，我是老师呢！呵呵呵……"

幽默中闪烁的智慧，往往四两拨千斤。

欧阳中石还讲过一事，他说："之前清华大学办了个对话活动，邀请杨振宁、吴良镛、冯其庸和我参加，我年龄最小（时83岁）。那天，台上四个人，除杨振宁外，仨是'聋子'（耳背）。当主持人介绍杨振宁时，杨先生起身致谢，全场掌声。当介绍吴良镛时，他听不见，没起座。冯其庸听不见，也没起座。估摸着下一个该介绍我了，我起身致谢，全场掌声雷动。哎！不是我有多大能耐，是我起错了，还没介绍我呢！"

一屋子人全被逗乐了。他幽默地说："都听不见，对话变成自说自话了。"

有天下午去世园会参观，回到住处已是6点多了。欧阳中石颇有倦意。听说之前量了血压，高压到了170，大家有些紧张。

十几分钟后，我去房间问候。他静静地坐在扶手椅上，微闭双目，手里摩挲着从不离手的拐杖。"您好点了吗？"我轻声问道。见我来，他抬头说："没事！"指着旁边几位随从悠悠地说："他们吓唬我！（血压）没这么高过！"语调像个受了委屈的孩童。我一听就笑了。旁边有弟子打趣道："您早上吃药是不是落下降压药了？"欧阳中石赶紧大声说："没有，没有，都吃了，一片也没落下！"

满屋的人顿时全笑了。

连续几次聊天，我感觉欧阳中石对张伯驹这位恩师有着深深的情结，念念不忘。

"当年，张伯驹过40岁生日，遍邀名角唱《空城计》，伯驹自饰诸葛孔明，余叔岩演王平，王凤卿演赵云，杨小楼演马谡……那阵势，在京城轰动一时。"说起往事，欧阳中石难掩兴奋。

"闻听章行严（章士钊）观后有诗打趣曰：坐在头排看空城，不知守城是何人。"我接话。

欧阳中石呵呵笑了，沉浸在昔日的回忆中……

忽地，欧阳中石问我："你是怎么知道张伯驹的？看书？"

"是的，"我说，"较早前，从刘海粟、周汝昌、章诒和、黄永玉等人的回忆作品里陆续读到，为张伯驹的才情和曲折经历所深深折服。刘海粟曾盛赞他在书画鉴藏、诗词、戏曲和书法四个方面取得的成就，誉之为'京华老名士，艺苑真学人'，他是真性情，真文人。"我也有些动情。

"说到真性情，"欧阳中石说，"我再给你讲个事。'文革'期间，时在吉林工作的张伯驹夫妇被下放农村劳动。到农村，他们一看那条件，那哪儿行呢？"他模仿着张伯驹的河南口音说:"没法住,走! 谁也不告诉,自个儿买上车票就和夫人回了北京。回到原来他们居住的宅子,宅子却搬进了旁人,成了大杂院。张伯驹进屋就躺在人家的床上不起来了。屋主人不明就里,赶紧报告派出所。民警来了一看,得,还是你们搬走吧,真正的主人回来了。"欧阳中石诙谐地讲着,自己也呵呵地笑了。

述者深入浅出,轻松幽默;听者如临其境,津津有味。

临回京前,欧阳中石拉着我的手对我说:"你到北京一定来找我,我带你去看看张伯驹先生的故居。"我知道,欧阳中石亦曾抱病为新落成的张伯驹、潘素故居亲笔题额,并在张伯驹诞辰 110 周年时,作《张伯老颂》诗两首缅怀恩师。

其一

襟怀落落意融融,一任烟云化碧空。

地裂天倾心似水,穷达不改大家风。

其二

珠玑信手碧丛丛,翰墨随心字字工。

曲折高低声入耳,从容谈笑自生风。

(二)猜茶迷

欧阳中石应邀为八大关茶室题写一幅书法作品。装裱悬挂后,我请老先生来茶室过目。书作是竖制条幅,词曰:水流天心以外,人在草木之中。

欧阳中石看罢环顾左右，一脸俏皮，用稍带京腔的腔调慢声道："今天我考考大家，我写的是茶谜，上下句各猜一个字，猜中有奖。"

一屋子人立马热烈比画起来，口中念念有词。不一会儿，有人猜出下句谜底是个"茶"字，但上句迟迟无人猜中。见状，欧阳中石哈哈笑道："谜底就是'添茶'二字，茶室嘛，可不就是要频频添茶！"见大家对"添"字颇有疑问，他解释说："此字天下面的小字加一点，古字里是可以写成'心'的。"大家恍然大悟。

欧阳中石晚年饮食清淡，喜欢的食物基本是家乡土产老三样——炸花生米、拌白菜心和小米粥，几乎天天都吃，从不厌烦。偶然听说，他酷爱食冰激凌，但因身边亲友看得紧，每每不能如愿。某日午餐尾声，我嘱咐服务人员试探着将一小盏冰激凌放在他眼前，他稍一愣神，立马开心地偷笑起来，那得意的表情与孩童无异。拿起小匙，他悄悄地抬眼望了一下服务人员，目含感激，遂低头大快朵颐起来。我挨着他，坐在他的右座，目睹了他开心品食冰激凌的全过程。

艺术大家启功、王世襄先生晚年也嗜食冰激凌，他们皆享高寿！

（三）选石

岛城的收藏圈中，藏石家石奴之名，不知者寡见，其人性格豪爽，亦乐善好施。石奴年轻时，某次欧阳中石夫妇过青，曾慕名拜访其寓所，赏藏石。

进得门来，欧阳中石笑对石奴道："我看看你的石头。拿你一块石头，我送你一张纸！"一张纸，显然指其书法作品。

少顷，夫人对室中的两块异形观赏石流露出喜爱之情，且把玩不离手。因有欧阳中石方才之语，遂起了犹豫之心。石奴上前，顺势欲往夫人手里按。

见状，欧阳中石笑了笑，说："你阿姨这一生，已经有两块世界上最好的石头了，她不用再要石头了！"

石奴听罢一愣，随口问道："您家里已有两块好石头了？说明您喜欢石头，多拿两块没关系。您一张纸，我得好几块石头呢！"

见石奴不解，欧阳中石抿着嘴笑了，他悠悠道来："你阿姨这一生，有一个中石（丈夫）、一个子石（儿子）呀！"

石奴恍然大悟，暗叹先生才思之敏捷，亦不失幽默风趣之风范！

事闻于杨宏书。

墨田浩气

　　在新中国的芸芸将星之中，尚武者众，善书者亦不乏其人，而迟浩田便是其中既能武又能文者。其跌宕起伏的人生轨迹，令人为之肃然起敬。

　　始终秉持着山东人淳朴善良本色的迟浩田，是胶东老乡中的骄傲。他1929年出生于招远大沽河畔的迟家村。解放战争时期，参加了著名的孟良崮战役、淮海战役和渡江战役等。新中国成立后，随中国人民志愿军开赴朝鲜前线，参加抗美援朝第二次战役。曾担任解放军报社和人民日报社主要负责人，后长期为军队、党和国家的领导人。1988年被授予上将军衔。

　　《怀念母亲》是迟浩田的一篇著名散文，人物刻画细致入微，深刻朴素，我读罢潸然泪下。将军的书名，我亦早有耳闻。2013 年 5 月，迟浩田来青下榻疗养，始得以亲见。他爱好散步、看书，用功最勤的即是研习书法。每日清晨五六点钟，他便抻纸研墨，徜徉在点撇勾捺的墨田之中，深得其乐。至早餐时，书法习作已墨色淋漓，洋洋大观矣。其书迹内容多为格言、警句和自撰联语等。

迟浩田的书法，一眼望去便知是颜体的底子，后又融入了何绍基的书法元素，端庄内敛，沉稳厚重，亦如他正直刚毅的性格，书为心画是也。

据迟浩田讲，他踏上研习书法之路，还有一段特殊机缘。1982 年夏，他到大连疗养期间，恰巧与有"党内一支笔""红军书法家"之誉的舒同相邻而居。舒同当时刚刚被推选为中国书法家协会第一任主席，书名甚隆。

喜欢舒同书法的迟浩田更崇拜他的为人。一次笔会后，迟浩田对舒同说："舒老，干脆我拜您为师学字吧！"舒同爽快地答应下来，给迟浩田讲解了练书法的基本要领，同时拿出自己留存的一些精品力作作为临帖范本，供其摹习。之后，迟浩田用心领悟，悉心精研书法之道，临池不辍。

1983 年初至 1985 年 5 月的两年多时间，迟浩田赋闲在家。除嗜书如命外，即是持之以恒地深耕书法。功夫不负有心人，他的书法渐入佳境，逐步形成了独树一帜的"迟体"书风，辨识度颇高。从赠坦克第一师"铁骑雄风，所向无敌"（1990 年），赠孔繁森同志"心连心、同命运、共呼吸"（1990 年），为海防八团题"守海防无尚光荣，创一流不负重托"

（1993年），为老战士朱彦夫题"极限人生"（1996年）等书法作品中，可窥一斑。

迟浩田重感情。身边的工作人员和服务人员皆得到过他的馈赠。其中既有少数民族刺绣荷包、贺年卡、首日封等小物件，亦有其精心创作的书法作品。返程那天，他依依不舍，将亲笔所书"为善最乐"的四尺中堂赠我留念，并题有"书敬王开生同志"的上款。临别时，他紧紧握住我的手，对大家的照顾一再道谢。

翌年春节，我意外收到了他从海南三亚寄来的贺年卡。迟浩田于万里之遥，一笔一画在贺年卡片上工整书道："敬祝开生同志并夫人：新年快乐、阖家安康、万事如意。"落款是老将军和夫人的亲笔签名。

一代名将，风度如斯，深情如斯。

◎青葱岁月

履滩拾贝

八大关我的斗室里，新添了一幅墨宝，书者陶文瑜生前曾是《苏州杂志》的主编，亦是著名的诗人、书画家，他书作落款喜欢写"青石弄5号"，这是苏州杂志社的社址，该处建筑由苏州籍的著名作家、教育家叶圣陶无偿捐赠。

叶圣陶和青岛也颇有缘分。新中国成立后，他曾在1960年和1965年两度来青开会、调研，皆住八大关，对这座年轻的海滨城市并不陌生。1975年5月，叶圣陶先生携子叶至善、女儿叶至美第三次来青休养，下榻在八大关景区函谷关路5号。

旅青期间，81岁高龄的叶圣陶参观了青岛刺绣厂、青岛啤酒厂和青岛贝雕厂等特色企业。闲暇时光，他与儿女常常去太平湾第二海水浴场一带散步。看到已步入中年的孩子们在海滩上愉快地捡拾贝壳，叶圣陶触景生情，诗兴大发，遂为青岛留下七绝《青岛海滨晨眺　至善至美从》一首，刊登在1979年《芒种》杂志第二期上，诗曰：

> 不观沧海十年久，复狎风涛五月晨。
> 犹有童心兄与妹，履滩捡贝折腰频。

此行，叶圣陶在日记中写道：

> 晨餐后出游附近。此疗养区花木至盛，行道树亦种碧桃、海棠、银杏、枫树之类。且每一段皆种同类之花木。行至第二浴场，至善、至美下至滩石间觅贝类生物，余则步行于浴场边之石岸上。潮尚未起，风来不厉，清气入怀，良为舒适。

叶圣陶是苏州人，他的文学作品《多收了三五斗》，描写家乡的风物人情，曾入选小学教科书，我们这代人都学过。

拒题店招

黄海饭店是改革开放之初，青岛市最早兴建的大型涉外旅游饭店之一，始建于1979年，1983年5月开业。饭店筹建时，曾用过京山饭店这个名字。

开业前夕，饭店门头招牌由谁来题写，成为当务之急。有关方面合议后，决定邀请时任山东省书法家协会名誉主席的高启云执笔。适逢高老来青，其欣然接受。

高启云，山东临朐人，书法以颜柳为宗，结体方正，自出机杼。崂山仰口太平宫山门前巨石上的"华盖迎宾"四字，即是其亲笔所书。他曾任山东省副省长、山东省委书记等职，亦是中国书法家协会名誉理事，时有书名。

高启云正欲题字时，忽问及："为何称京山饭店？"

答曰："饭店右侧的这座山，称京山，因山得名。"

高启云当即搁笔提出异议。他说："很少有人知道此山。这样一座（标志性）建筑的名字，用此山名不妥。"遂未题。

66 米的黄海饭店时为齐鲁第一高楼，备受各方瞩目。众人紧急重议后，拟选"黄海饭店"为新店名。汇报高启云后，其颔首表示满意，当即挥毫书写了店招。

黄海饭店现用门头招牌，为中国书法家协会首任主席舒同所书。

双璧失合

　　昔年，山东画坛曾有"四老"之说，乃指省城的"关黑弭岳"，即关友声、黑伯龙、弭菊田和岳祥书。四人均为当代丹青翘楚。

　　岳祥书，1913 年生于河南开封，18 岁定居泉城济南，精绘事，中西画种贯而通之，亦善饮。

　　岛上某资深藏家藏有岳祥书丁酉年（1957 年）客青时所作水墨《枯木寒鸦图》竖轴一对，一浓一淡，笔墨精炼，意境高远，画极精。其浓墨轴题识为"寒林无落叶，惟有暮鸦栖"，淡墨轴则题"枯木寒鸦，夜深人静"。两帧画轴边绫，见某鉴赏家所题之长跋，洋洋洒洒数百字。该藏家因故存画于友人处，余得亲览，惜画未钤印。

未几，偶于报刊看到济南岳祥书遗作画展正举办得如火如荼，且展事由其家人所筹办，遂告知友人。友人托余携岳画二帧，亲赴省城，觅其家人，代为补印。

岳祥书长子岳宏，时恰于展厅值守，余阐明来意并一展画作后，他颇为惊讶，连称精品，立刻应允之。少顷，岳宏引余至家中，取出其父之印章两枚，一白一朱，皆为篆刻大家朱复戡所刊，钤于画之落款一侧。时隔 30 余年，一对国画佳构，始得完璧。

后上海人民出版社拟出版大型画册《岳祥书美术全集》，征集岳画藏品。岳宏兄来电，期友人惠让《枯木寒鸦图》一帧。经余斡旋，事成。自此，浓墨者去，淡墨者留，岳画双璧，遂天隔一方矣！

<h1 style="text-align:center">改画</h1>

　　山东高唐籍画家李苦禅先生，原名李英杰，字励公，初随徐悲鸿学习西画，后拜师齐白石，专攻大写意花鸟，以雄鹰、荷花、水鸟等最为擅长，素有画名。济南趵突泉公园内建有李苦禅纪念馆。

　　李苦禅与青岛渊源颇深。1978年夏，中央美术学院教授李苦禅一家，应邀来青避暑疗养，下榻在太平角一路21号别墅楼中。此行，苦禅弟子张伏山（青岛籍画家）和青年画家汪稼华伴其左右，李苦禅谈艺作画，寻幽访友，为岛城留下诸多书画佳构。2022年春节期间，青岛市美术馆举办的王君华、王家栋父子书画篆刻展上，展出的一幅李苦禅画赠王君华的名为《芭蕉鹭鸶》的花鸟画作品，即是李苦禅当年客青时在太平角寓所中所绘。

李苦禅有山东人的豪爽，亦重乡情，离青前，他为暑期中辛勤服务的某工作人员作画一帧以示感谢。画中一只鹭鸶鸟单腿立于水边，整幅画墨色酣畅，气韵生动，虽为小品，却不失为佳作，内容亦是其拿手的题材。

未曾想，此工作人员拿到画作后，甚不满意，认为鹭鸶鸟少画了一条腿，不好看。遂私下找来笔墨，在鹭鸶鸟的身上，又添一腿。懂行人看罢大呼可惜！

不知该画作如今安在否。

鉴字

20 世纪 80 年代初，蒋维崧曾两度自济南来青岛疗养，居住在八大关花石楼附近的黄海路 4 号别墅内。其时为山东大学教授、西泠印社顾问，亦身兼《汉语大词典》的副主编。

蒋维崧书法受益于沈尹默和乔大壮两位先生，其师法晋唐，尤以金文和大小篆见长，出古入新，作品典雅清秀，时有隆名。

青年书家范君久慕其名，某日持岛上耆宿杨慕唐先生亲书之帖，登门拜谒，得到热忱接见。少顷，本地书法爱好者某君，亦携若干书法习作造访，恳请蒋维崧予以评鉴。

某君边展卷边侃侃而谈，对自己的书作频频褒赞。

蒋维崧边看边应声附和："是的！是的！"

某君如愿，携卷出门后，蒋维崧折回头来，问范君道："你也是书法家，今天我考考你的眼力，你来说说某君水平如何？"

范君挠挠头说："我看写得不怎么样，像是一堆地瓜蔓。"

蒋维崧点头回道："那是！那是！"

宿业未了

以章草立足岛城书坛的刘诗谱，家学渊源，其祖父刘廷琛乃清代翰林院编修，曾官至京师大学堂监督。清帝逊位后，刘廷琛举家移居青岛，受其父刘云樵影响，擅写草书，为民初岛城"书法三翰林"之一，故刘氏一门有"三代草书"之誉。刘诗谱弟子范国强能传其法。

刘诗谱平素与岛城另一草书名家杨慕唐交情甚笃。

说来，杨慕唐原非本地书家，其一生经历跌宕起伏，颇为传奇。民国时期，杨慕唐凭借扎实的书法功底，曾被国民政府招募为政府主席林森的"代笔先生"，其书诸体皆佳，尤擅草书。时多与于右任、叶恭绰、沈尹默等贤达交好。新中国成立前后，杨慕唐自南京流寓岛城，先后在火柴厂、钟表厂和区办小厂务工。杨慕唐默默无闻，生活历尽艰辛，书名长期被掩。至改革开放后，杨慕唐偶得启功、溥杰等人激赏，书法于晚年大放异彩。20世纪80年代，其加入青岛逸仙书画社，在崂山留有"龙头榆""狮子岩"等多处题刻，为人津津乐道。

昔年亲友半凋零，旧事凄凉不可听。1989年冬，杨慕唐闻悉刘诗谱驾鹤西去，悲恸不已，无奈卧病在床，不能前往吊唁，遂提笔亲书挽联一副，祭曰：

> 噩梦已做完，君先行一步；
> 宿业犹未了，我再待些时。

天柱山民

　　主业为西医外科医生，却于20世纪90年代被北京中国画研究院（今中国国家画院）破格聘为第一个院外"特约画家"。梁天柱的艺术人生可谓传奇。

　　梁天柱，1916年生，原名善玺，因祖居平度天柱山麓，自号"天柱山民"，其画尊黄宾虹而自成格局。1989年，天津杨柳青画社为其出版《梁天柱画集》，梁天柱一鸣惊人。1991年5月，梁天柱受聘于中国画研究院，其画室即是李可染生前之画室。

　　时梁天柱夫妇客居于中国画研究院宿舍。某日早晨，梁天柱散步至院内曲廊，远远望见其敬重的叶浅予先生自另一侧缓缓走来，遂策杖疾步趋前。及近，梁恭问：

"叶老，您好！"

"啊？"

"我是青岛梁天柱！"梁提高了分贝。

"啊？"

"某某向您提起过我！"梁天柱再次高声搭话。

"啊？"

"你装什么装！"

梁天柱忍无可忍，高声回道。遂用手杖猛击脚下水泥地面，复将手杖往臂弯一搁，拂袖而去。

又，梁天柱画作时为中国画研究院所看重，消息传至岛城，画家宋新涛曾在某场合对梁画表达了不太认可的态度，说了过头话。数月后，梁载誉而归，宋新涛亲赴梁宅小楼"负荆请罪"，当梁面自扇两记耳光，言："我说错话了，梁老，我向您道歉。"

宋新涛为青岛画院院长，然闻过则改，堪称有君子之风。

柳
下
风
来

柳下风来之馆主人，岛上画坛老将刘文泉是也。

刘文泉，1935 年生人，绘事师泉城张彦青，兼擅治印，师潍坊陈寿荣。有人评价云：其印在画之上。实乃无心插柳柳成荫。泉翁为隋易夫、宋新涛之后，青岛画院第三任院长。

昔年，我有幸得泉翁所赠姓名印信一枚。青田石料，印文乃仿汉作。边款俱佳，镌曰：汉印于沉雄之外，亦富变化。是印酷似，丁酉夏刊，文泉并记。

经年之后，时逢《泰安日报》拟作刘文泉印迹推介，于诸印之中，独选登其为我所刊之作。泉翁得报样后，即遣人送至我处，似颇得意。

我复得意!

刘文泉之印拓技艺,亦与时俱进。他熟习电脑编程,先影印其石于纸上,兼而影印边款,继而复施印泥,钤印文,并亲笔题款,心裁别出。

又,2020 年 6 月,我的一组怀旧小文刊发于《青岛画报》。编辑将报样发至我处,插图为 5 幅人物小品扇面,画作内涵颇合文中之意。细一端详,落款竟是青岛画院老院长刘文泉先生。泉翁素以山水画闻名艺坛,我未曾见其画过人物,遂将报样发泉翁家人,刨根问底。

隔日,刘文泉先生亲复信息,曰:"开生兄你好,好几年未见面了。我近几年因身体原因不能出门,也不能参加各类活动,所以与很多朋友失去联络。我已有两年时间两腿不能走路。自去冬回老家,藉(借)农村火炕疗养,现可在房间稍微走动,可以坐着画点小画以帮助疗疴。这些小画是我在 20 世纪五六十年代画的,那时流行幽默漫画创作,《青岛日报》每星期日有一页副刊(那时是大报纸),是专门刊登文艺(作品)的专版,我是三个漫画特约通讯员之一。那时专门与我们联系的副刊主编是赵朋老师(《青岛晚报》开创人之一)。这是一则旧闻。疫情期间,我于陋室闭门养病,画了几张小品自娱。此稿是跟我学篆刻的朋友给我显摆出去的。该报我还未见到。多谢吾兄让我先睹为快。"

时年我 50 岁出头,泉翁 85 岁。其称我为兄,我虽知为谦语,亦诚惶诚恐。

落
叶
思
禅

　　1991 年夏，我以入展作者的身份，获邀入京观摩庆祝建党 70 周年全国硬笔书法大赛入选作品展。展览在西长安街的中国人民革命军事博物馆举行了隆重的开幕式，从全国各地赶来的道友和热心观众把军博内外挤得水泄不通。

　　活动结束后，我与几位青岛的入展作者，在朋友的引荐下，登门拜访鲁籍归侨画家孙大石。

　　孙大石，又名孙瑛，1919 年生于山东高唐，与李苦禅是同乡。1982 年，旅居海外的孙大石偕夫人回到祖国怀抱，定居北京。他将画室命名为"落叶轩"，取叶落归根之意。李苦禅去世后，其感念彼此桑梓之谊，遂将斋号更名为"思禅堂"。

　　见到家乡人登门拜访，孙大石兴致颇高。我们一行人好奇地环顾挂于其宅四壁的书画佳构。顺着我们的视线，他的目光定格在墙上的一幅水彩画作。由此，他从1945年在汉口结识丰子恺讲起，一直谈到归国后的创作感受。孙大石时任全国政协委员、中国美术家协会理事、文化部侨联主席等职，亦是中国画研究院的特聘画家。

　　当得知我们是为书法大赛而来时，孙大石起身说："今天我要给老乡们每人写一幅字。"言罢，他来到画案前，为6人各书竖条中堂一幅。

　　众人喜出望外，团团围在案前。赠我的是"出污泥而不染"，他称此幅是其中最满意的一幅。另有"善书不择笔""梅花香自苦寒来""腾飞"等分赠其他来宾。

　　朋友将其带来的书法大赛请柬拿出，请孙大石题字留念。题罢，孙大石打趣道："你可留好了，这值200元呐，哈哈！"

他
乡
故
知

出孙大石家门后，一行人直奔位于新街口北大街的徐悲鸿纪念馆。听说廖静文正在等我们。

徐悲鸿是中国现代美术教育的奠基者。1953 年 9 月 26 日，徐悲鸿逝世后，夫人廖静文将他的 1200 余件作品及收藏的历代书画、图书、碑帖珍品，全部捐献给国家。次年，在徐悲鸿故居基础上，国家出资建立了第一座美术家个人纪念馆，廖静文任馆长，周恩来总理亲书"悲鸿故居"匾额。故此次参观，令人神往和期待。

果然，我们一进院门，廖静文即迎了出来。看来她和朋友相互熟稔。她一边寒暄着，一边给我们当起了向导。纪念馆内花木扶疏，幽深恬静，参观者并不多。她一袭黛色衣裙，谈吐优雅，细语轻声，嗓音略沙哑。言辞间，不时流露对徐悲鸿的怀念之情。

参观之后，廖静文邀请一行人到会客室喝茶聊天。会客室沙发后面的粉墙上，挂有一幅徐悲鸿的《水墨漓江》竖轴真迹，画面氤氲朦胧，墨色淋漓，是其代表作品。廖静文见我们对画作有兴趣，一边深入介绍，一边寻问起我们的职业。当我报上工作单位时，她高兴地道出了一位相熟的医生的名字，此人是我同事。据介绍，每次去青岛，她都会请这位医生给她针灸、调理身体，两人结下了深厚的姊妹友谊。

廖静文邀我以《水墨漓江》为背景，坐在沙发上合影留念，并让我捎去她对那位医生的问候和思念。这当是此行的意外收获。

2015 年 6 月，廖静文逝世。据其家人介绍，直至去世的前一天，她还坚持在徐悲鸿纪念馆里上班。

近水山庄

国内诸地间叫东山的地方，据说不下 10 处。我时常踏足乐游的东山，位于苏州市的吴中区，古称"洞庭东山"，其原是太湖中呈长条状的基岩岛屿，后东山岛与陆地相连，成为一座风光旖旎、花果飘香的湖滨半岛。

东山镇被誉为"千年古镇"。镇上有东、西两条石板路老街。东街敦裕堂前，一株千年紫藤古树，树干宛如虬龙，每至春季花时，蒙茸一架，遮天蔽日，蔚为大观，是古镇历史最好的见证者。据闻，西街自宋代始，即是东山繁华的政治、经济中心，鼎盛于明清时期。西街人文荟萃，古迹众多，历史底蕴深厚。明初曾在此设太湖厅署，大量价值颇高的明清建筑保存相对完好，古宅、古井、古桥等，星罗棋布。

走进西街亚明故居的大宅院，纯属偶然。

在近现代中国画坛上，新金陵画派占有重要一席。其领军人物傅抱石、钱松嵒、宋文治、亚明、魏紫熙等，各领风骚，皆为画坛之翘楚。此中，亚明先生的艺术经历尤为传奇。他早年参加新四军，是在抗战中成长起来的一代山水画大家，新中国成立后，亚明等人筹建了江苏省国画院。

亚明资格老，名气大，性格爽快。在他的沙砚居前，慕名求画、拜访的朋友络绎不绝。20世纪80年代末，即将退休的亚明，欲避开登门造访的人流，选一处别有洞天的归宿地颐养天年。最终，他选中了东山西街的一座明代建筑——绍德堂。亚明倾其积蓄，亲自设计修缮，并扩建了庭园式园林，为其取名"近水山庄"，他生命的最后10多年，即是在此度过的。

东山的朋友黄明带我在西街游逛，他的同事恰巧从近水山庄出来，迎面碰到我们，交谈之后，热情邀请我们进去参观。其时，亚明先生已过世10余年。近水山庄是三进院落，曲径通幽，画室在一侧，不大且布置得相当简单。亚明晚年的一大批传世佳作，皆是在该屋中完成。环顾四围，室内和户外高大的粉墙上，画满了各式山水壁画，多是名山大川和唐宋诗词诗意图。朋友指着一长木梯道，亚明就是踩着这个梯子，每天爬上爬下画画的，无论寒冬暑夏，倾注了大量心血，那时候，他已是70多岁的老人了，画画仍是如此拼命。我粗略地数了一下，画作得有十四五幅之多，皆是巨制。遗憾的是，户外的壁画，经风吹雨淋日晒，加之此地阴冷潮湿，画面已生霉，且呈斑驳之态，不免让人心生担忧。

我踱过长长的曲折的回廊，移步庭院花园。时值乍暖还寒的三月初，院中一树树白梅，悉数怒放，暗香浮动，幽幽袭人。朋友指着院角处的一座亭子道，亚明的骨灰就安放在那里。抬眼望过去，亭子名曰"过云亭"，如今已成为访客的凭吊之所。把骨灰埋在自家的院子里，算得上是标新立异。也是在苏州，我想到了另外一地，只不过，那是张善孖、张大千伯仲埋葬爱虎"虎儿"之所。张大千居台期间，仍念念不忘，亲笔题写了"先仲兄所豢虎儿之墓"碑文，寄回大陆。石碑如今已嵌入墙中。张氏伯仲曾居于此院，并在此养虎画虎，故与虎儿感情甚笃。此园即是大名鼎鼎的网师园。

亚明爱憎分明，朋友多，他的趣闻逸事也不少。朋友介绍，在山庄居住期间，仍旧有不少友人纷至沓来。有人来索题字，他会直呼："不写，拿钱来！"真正的朋友若有事相求，他亦会讲："我们是朋友，钱是粪土，分文不取。"来人若跟他客套："亚老，我来看你了！"亚明通常会拉下脸来："你来就是为了看我？那你好好看，看好了你就走！"常常让人下不来台。此类桥段，听闻在启功先生那里，也时常上演，可谓是异曲同工。

书画家名气太大，难免会受外界干扰。但书画圈中的晚辈后学们，时常不顾天远地偏，一路寻来拜访。我曾在画家姜宝林那里，见过一张合影照片，拍摄地正是亚明近水山庄的厅堂。画面中，前来拜访的姜宝林、王镛、龙瑞等实力派画家，开心地把亚明拥簇在中间，其在画坛中的地位，亦可略窥一斑。

　　近水山庄所处之地毗邻太湖。跟前，则近一口清冽的古井，又邻泠泠作响的响水涧，是名副其实的近水山庄。西街的这栋老宅，见证了亚明晚年绘画艺术的辉煌和高峰；而有了亚明的近水山庄，也使得东山西街又多了一处重要的人文景观。近些年，当地政府部门已出台措施，将亚明所绘全部壁画妥善保护起来，并将故居辟为亚明纪念馆。千年古镇的文脉在一代代延续着。

◎ 看戏

◎往事如梦

撕画

2018 年初，一则关于艺术家韩美林的新闻，迅速占据各大媒体头条。韩美林通过视频，向观众分享了 54 岁妻子生子的消息，言语间难掩老来得子的喜悦之情，并表示，没想到自己 82 岁还会有儿子。一时间，韩美林再次火遍大江南北，成为艺术圈和街头巷尾之趣谈。

20 世纪 80 年代初，正值中年的韩美林曾来青，下榻于汇泉湾畔新落成的黄海饭店。他性格风趣，待人随和，颇有《射雕英雄传》中"老顽童"之风。其所绘水墨动物，活泼可爱，天真无邪，纤毫毕现，深受时人欢迎与追捧。后来发行的一套国宝熊猫邮票，好评如潮，原作者正是韩美林。

即将离青之际，山东老乡韩美林依据周边人物之性格特点，画了不少水墨小品分赠众人。赠领导的多是熊猫、猫头鹰等。而对身边的工作人员，他则细心观察其秉性。活泼好动的，画只猴子相赠；比较勤快的，则赠一只公鸡；如是懒散倦怠的，笑画小猪调侃。其画妙趣横生，又十分贴合人物各自特点。

得猴得鸡者，自然心生欢喜地捧走珍藏了。而得小猪者，感觉被人讥笑，面上无光，心里自然不爽，私下干脆将画作一撕两半，扔得不知所踪了。

待日后韩美林名声大噪时，闻听那位曾得小猪却毁画者，连肠子都悔青了。

老明信片

　　前几日，我翻阅费新我先生致张海的信札合集，偶然发现一张旧明信片。明信片从青岛寄出，收信人是时在河南省书协任职的弟子张海。

　　从明信片的内容可知，是年，费新我自齐鲁大地之蓬莱、黄县、招远、乳山等地一路游历后，于 1985 年 8 月 12 日过路青岛，下榻于八大关汇泉路 20 号，原计划在青住一天后，乘海轮南归上海，后被多留一夜，于 8 月 14 日搭长更轮离青。

　　汇泉路 20 号，推门便是波光粼粼、一碧万顷的汇泉湾，景色清幽，格外静谧，新中国成立后，茅盾、王观澜等文化名人先后在此楼居住疗养。费新我在下榻的寓所中，乘兴为岛城留下墨宝一帧。其作行草书，小四尺横幅，书为：近水楼台先得月，向阳花木易为春。苏麟句，乙丑年夏，新我左笔。钤印：吴兴费氏。

余生也晚，惜未当面向先生请益，然其所留书作，因工作之便时常端详欣赏，如神交久矣！

太平湾畔忆恩师

数年前，苏州朋友张争峰兄送我一套精装图书，金色的绢面，上下两册，是纪念费新我诞辰110周年的纪念版。该书由时任中国书法家协会主席的张海题签，书名《不断新我》。自此始知，张海乃费新我弟子。

小楼明一角，深隐绿丛中。丁酉盛夏，适逢张海来青避暑，下榻于太平角浓荫中的一栋面海幽静小楼。闲谈中，张海深情追忆起与老师的忘年交和师生情。

时光如白驹过隙。1976年，尚在河南安阳群众艺术馆工作的张海出版个人书法集，慕费新我书名，冒昧给其写信，请题书签。费新我时住苏州。因地址不详，故信寄到他的工作单位江苏省国画院，后转交于其。不久，费新我收悉后，如约寄来题签，并与张海由此结缘，俩人鸿雁往来不断。

时间追溯到1972年底，费新我书毛主席诗《十六字令·山》入选《人民中国》（日文版），发表后引起巨大反响。郭沫若欣赏后，称赞其字里行间有山石突兀之感、群山起伏奔腾之势。一时间，费新我书名风靡海内外。

据说，20世纪70年代初，中央一次高级干部会议休息时，毛泽东、董必武、谢觉哉、郭沫若和赵朴初等人在座，毛主席问："在座各位都是书法家，当今谁的书法最好，能否排个座次？"并点名请郭老谈谈。郭老说："第一名应是林散之，其狂草当代可数第一，他堪称'当代草圣'；第二名应是费新我，他不仅书法好，而且自右手残疾，改用左手写字后，练就一身真功夫，实是难能可贵。"说到这里，毛主席插话道："费新我身残志坚，以左手练书法，能达到炉火纯青的地步，更值得我们好好学习。"

由此可见，同为书法大家的毛泽东和郭沫若对费新我评价之高。其时，费新我在北京荣宝斋挂单的10余幅书法作品，洛阳纸贵，销售一空，购者多为日本人。其在日本和东南亚有"墨仙"和"书坛李白"之隆誉。

1978年初，书坛渐渐恢复了生机。张海写信邀请费新我赴豫讲学，随信附寄150元往返路费。4月下旬，费新我首度到安阳讲学，后举办费新我来洹书法展，并由张海陪同，一路去开封、洛阳等地讲学，游历20余日。他白天讲课，晚上批改学员书法作业，一丝不苟，毫无架子。当时，全国各地盛邀费新我讲学的信函多不胜数，为何他最青睐河南安阳？原来，是张海的诚意最终打动了费新我。据他事后讲，全国各地的邀请信函很多，但落到具体行动上的少，拿出实际诚意的更少。肯把往返路费都寄去的，唯安阳张海一家而已。

张海做老实人，办实事，对人以诚相待，水到自然渠成。

相见亦无事，不来常思君。交往中，两人意趣相投，友情日趋深厚。张海亦多次去苏州拜见费新我，有不是亲人胜似亲人之感。起初，费新我每次都以书法条幅相赠，并题上"第一次来苏""第二次来苏"等上款留作纪念。待书至第五次时，他呵呵笑道："以后干脆不写第几次了，次数多了，我也记不得了。"

回忆至此，不苟言笑的张海，亦禁不住抿嘴乐了。

转眼又过了几年。1982年5月，张海调任河南省文联工作。费新我应邀为省文联讲课。其间，张海陪同费新我参观了嵩山少林寺。一年后，费新我再赴郑州出席中国书协一届三次理事会，并与魏启后、刘自椟、王学仲、陈天然在河南博物馆（今河南博物院）举办墨林五家书展，师生再度欢聚。

1984年2月，中原书法大赛在郑州举行，张海所邀的费新我书展亦同期开幕。时国内举办书法个展的书法家凤毛麟角，故观者如潮，展览引起轰动。3月，书展转至江苏省美术馆隆重开展。同年12月，费新我书展又"移师"北京中国美术馆开幕，备受瞩目。

海内存知己，天涯若比邻。多年的艺术交往，年龄相差近40岁的一对师生，结下终生的不解之缘。费新我十分喜欢这位含蓄内敛、淳朴厚道的弟子。不管应邀到何地讲学考察，安顿下来后，一定要给张海写信，告诉弟子其何时在何地做什么。返程时，经常不直接回苏州的家，多是先转道河南小住几天，与张海叙叙旧、聊聊天，让弟子陪着四处走走。张海现存有与老师的往来书信 200 多封，有的是密密麻麻写在明信片上，有的则洋洋洒洒信笔写在所住宾馆的便笺上，颇有年代感。

1990 年，中国书协选派张海应新加坡中华书学协会之邀，赴狮城讲学。他白天为新加坡书协会员讲解示范隶书技法，晚上则为其书协班子成员授课。协会盛邀张海次年再度授课，张海则推荐了自己的老师费新我。经过协商，第二年 8 月，张海陪同费新我一同飞往新加坡讲学，并在狮城举办费新我八八书展，同时出版了《费新我八八书迹》。狮城岁月，师生一起书写交流，参观新加坡植物园，一同探望拜会弘一法师弟子广洽法师等，充实惬意，其乐融融。

其间，有一个插曲。88 岁的费新我在下榻的宾馆洗澡时，不慎滑倒，造成肌肉拉伤，不能站立，只好坐着轮椅回国。据闻，费新我是身怀武功之人，且常年担任苏州市武术协会名誉主席。他平时走路即喜欢蹦跳，沐浴滑倒，亦或是与此有关。

屋漏偏逢连夜雨。转过年（1992 年）的正月期间，费新我半夜又不慎跌伤，导致左大腿骨折。旧伤未愈，新伤又至，故其大部分时间只能卧床静养。5 月 5 日，费新我在苏州病逝，享年 90 虚岁。

费新我一生珍藏名砚 13 方。生前他选 4 方精品，赠予张海（费老四个子女各获赠一至两方）。其中的一方澄泥砚"园田"，伴随费新我70余年，是他案头的心爱之物。为留下史料，张海派人专程登门取砚。费新我亲自清洗了砚石，并提笔写下了砚铭，交于弟子镌刻于石。又亲笔修书一封，讲述了此砚的"前世今生"，惜爱之情溢于言表。

后来，张海将老师所赠的另外三砚，与其一生所购名砚精品，添足百方，捐赠陈列于张海书法艺术馆。同时，遍邀当代书画艺术名家为百砚题写砚铭，复请名家刻石，后拓砚铭而结集，为后人留下珍贵艺术资料。而老师所赠案头之砚"园田"，则一直伴随在张海左右。睹物思人，感念师恩。

我曾向张海请教执笔之法，他讲道："费新我起初是五指执笔。改用左手后，方换成三指执笔。有人讲，善书不择笔；又有人讲，工欲善其事，必先利其器。这也是辩证法，总之要适合自己书写。法无定法。"

我曾好奇地问及张海，与费新我是否正式拜过师。他摇了摇头说："我们那种师生关系，是随着交往的逐渐加深，自然而然形成的，也不是什么仪式所能代替的。"

我想，这即是大道至简吧！

费新我艺术馆筹建之时，弟子张海不仅出力出作品，还自出资金几十万元，倾力支持，成为书坛尊师之典范，传为佳话。

费新我，名斯恩，原字省吾，号立斋，别号左翁，浙江湖州双林镇人。他生前常用的两枚印章，一曰"吴兴费氏"，二曰"人书未老"。

2020 年 9 月，张海八十初度新作展自郑州"移师"青岛。此行，张海先生点名仍要住在太平角的莫奈花园。

张海一行在任青岛画院院长的弟子张风塘的陪同下抵达住地时，天色已晚。我迎上前去，见先生比前年来青时苍老了许多，加之旅途劳顿，气色也不佳。在太平角居住半月，除外出参加了书展开幕仪式外，他谢绝了一切应酬，一直伏案写作、校稿。后来始知，就在此半年前，张海的夫人刚刚离世。他坚持选择在此栖居，或有缅怀昔年同来下榻之故。先生虽日常言语不多，内心却潜流涌动，情感细如发丝。

2022 年春节的前一天，张海托弟子张风塘捎来厚厚一本《新我师说：费新我先生写给张海的书信集》，转赠于我。书是刚出版的，内容也是他曾跟我多次聊过的，想必先生知我对此有浓厚的兴趣。电话中谢过之后，我亦将我在《青岛文学》上发表的《张海·太平湾畔忆恩师》一文，转请先生斧正了。

2023 年夏，张海在太平角避暑三周，其间，读到我发表于报纸副刊的美食散文数篇。临行前，他主动以"大美食家"书法横幅相赠，我惊喜之余，颇受感动。

缘
起
蝴
蝶
楼

初知洪钤，源自章诒和写张伯驹夫妇的《君子之交》：

> 我的同学，已是北京青少年业余体校篮球队员的洪钤，瞧我投篮的兴致如此之高，便对我说："你那么爱好体育，找个机会我推荐你去业余体校学打篮球吧？"

原来她俩是同班同学。

与洪钤老人相识，却是在八大关内的蝴蝶楼。

始建于 20 世纪 30 年代的蝴蝶楼，位于汇泉路与山海关路交叉口的东北角，襟海而居。其折中主义风格的典雅造型，玫红色的外墙，尤为引人注目。1935 年，电影《劫后桃花》在青拍摄期间，此楼为主要外景地之一，因其主演是影后胡蝶，故以此命名，现恢复为电影主题博物馆。鉴于该片编剧是导演、剧作家、时任山东大学外文系主任的洪深教授，楼内一层东南角的房间，被特辟为"洪深展室"，以兹纪念。而洪钤老人，正是洪深先生之女。

千里之缘一线牵。此中牵线搭桥的"红娘"，是岛城文史学者刘宜庆。蝴蝶楼的洪深展室开间虽不大，却是除常州洪深纪念室之外的唯一纪念专馆，青岛又是洪深工作、生活过的城市，此举意义尤殊。

2016 年 5 月间，闻听刘宜庆的热心相告和邀约，远在沪上的洪钤犹豫了整整两天，常年独居的老人毕竟已是 75 岁高龄。但"不知为何，遇到爸爸的事情，我就勇气百倍"，洪钤笑着这样解释。拿定主意后，她收拾好简单的行李，孑然一身搭乘飞机，来青岛寻爸爸的旧迹了。

独自出行的老人，坚辞了我们常规的接机服务，手提行李箱，执意自流亭机场打车而来。白皙、高挑、朴素、冷峻，这是我初见时的印象。握住老人冰冷的手，敬由心生。

次日上午，我陪洪钤漫步到蝴蝶楼内的房间跟前。蓦地，她瞥见门边"洪深展室"的四字竖牌，立住脚步，迟遭门外。她紧紧凝视着牌匾，眼中已闪烁着晶亮的泪花。老人强忍着不让眼泪流出来，努力平复了一下情绪后，才缓缓地走进展室。眼见室内图文并茂的展板和洪深全息影像实景还原的演示，她的眼泪蓦地涌了出来。

从墙上的一张老照片中，洪钤意外地发现了年幼时的自己，开心地指给大家看。于此，她如数家珍，追忆起父亲洪深的点滴往事，并饱含深情地讲道："来到这里我感觉很欣慰，很温暖，这个世界很冰冷，还有一个角落让我取暖，就够了。"

洪钤将一套 20 世纪 50 年代出版的《洪深文集》和自编的《中国话剧电影先驱：洪深历世编年纪》捐赠给了蝴蝶楼。

展室里，大家纷纷与洪钤合影留念。见我未动，她招呼我："小弟弟，咱俩照一张。"我赶紧趋前立在她一侧，老人却乐呵呵地把左手搭在我左肩上，揽着我照。她的个子真高！

聊天中，洪钤说起了自己这些年，主要就是整理爸爸留下的丰富史料，基本足不出户。之前走动比较多的，是当代作家赵清阁女史。她称呼赵清阁为"赵阿姨"。相似的境遇，申城共生，两人结成无话不谈的忘年交，感情深厚。

某次闲谈，不知怎么聊到了老上海的电影明星。我说："我最喜欢的电影演员是《羊城暗哨》中的男主角冯喆，不知洪阿姨熟悉此人否？"洪钤闻言眉眼一扬，用上海口音语气肯定地说："小王，你有眼光的！"

在青短暂停留期间，洪钤参观了位于福山路 1 号的洪深故居。望着院外通向楼内的高陡石阶，她只是若有所思地观察了一下，并未走进去瞻拜。在院门外的路边，老人详细了解了周遭环境，寻问了老山东大学的校门位置，自言自语道："这和爸爸描述的对不上啊！不是这儿，不是这儿！"

为了弄清父亲故居的真实地址，在刘宜庆的陪同下，洪铃约见了有"青岛文史活字典"之誉的鲁海。从鲁海寓所回来后，洪铃心里的顾虑仍未打消。她说，她记得爸爸的住处应该在黄县路附近。

在黄县路盘桓了许久，洪铃依然未得到令自己信服的答案。

离青返沪的那天上午，距出发仅剩 40 分钟时，洪铃突然对我说："小王，能不能陪我再去一次黄县路，这可能是我最后一次来青岛了，我放心不下！"

翁翁郁郁的信号山下，幽深恬静的黄县路上，隐着诸多近代名人故居和民国老别墅。在老舍故居跟前的巷子里，老人边寻找边回忆："房子倒是像，可爸爸去学校的校门位置对不上啊？"我接过话头："从这里出去不远，过大学路左拐，有一个学校的便门。"

"快领我去看看！"洪铃陡然激动起来。

"对上了！对上了！就是这里！"高瘦的老人立在大学路路口一侧，默默注视着校门。她回过头，握紧我的手，脸上已是老泪纵横。

"我们可以走了！"

洪铃如释重负。辞别了爸爸曾经的家，也告别了带给她欣慰、让她温暖的青岛。

我的微信头像

新中国历史上的第一所美术中学，是 1953 年 9 月在北京开办的中央美术学院附中，第一班共招收了 50 名学生。徐悲鸿出席了开学典礼，他语重心长地对莘莘学子们讲道："新中国的美术教育从你们这里才真正走上正轨。"

央美附中的第一班，被称为"黄埔一期"，日后涌现诸多美术理论家、油画家、版画家、国画家、雕塑家等。我熟识的王玉哲阿姨，即是这 50 名天之骄子中的一员。王玉哲以年画、壁画、国画见长，尤擅艺术剪纸，被誉为"剪纸圣手"，她的剪纸作品曾入展全国民间工艺美术展览会，陈列在宋庆龄纪念馆。20 世纪 60 年代初，她调入青岛市工艺美术研究所，成为一名高级工艺美术师。

2002年6月，王玉哲70寿诞，同学国画家边宝华，油画家温葆，工艺美术家傅金蕙、董季敏，特意自京城赶来岛城，为她们班上最年长的大姐祝寿。几位老同学聚在一起有说不完的话、道不尽的情、讲不完的趣事，连在一边旁听的我也跟着莫名感动。

一天下午，我去阿姨们的房间寒暄，一头银发、气质优雅的温葆阿姨笑呵呵地端详我，轻声说："来，小王，你坐下，我给你画张像。"

温葆1957年考入中央美术学院油画系，后进入罗工柳工作室，得侯一民、冯法祀、韦启美、靳之林等资深教授亲炙。1962年毕业时的油画作品《四个姑娘》被中国美术馆收藏，并登上了当年第十期的《中国妇女》杂志封面，1964年又被印成年画，影响甚大，被誉为中国当时具有代表性的油画作品之一。温葆毕业后留校任教，是中央美术学院油画系的教授。

闻温葆之语，我喜出望外，立马端坐在床凳上。她迅速进入绘画状态，几位阿姨也凑过来围住她，看她起笔。

温葆用水彩画颜料，为我画了一张十分传神的人物肖像，历时仅20多分钟，众姊妹纷纷夸赞：真像，像极了！画毕，她签上上款：为王开生先生画像，2002年6月，温葆。又画上印章。

我将此画作精心装裱后，一直珍藏至今。自打有了微信起，我的微信头像就换成了这幅颇有纪念意义的水彩画像。

边宝华是几位女同学中的活跃分子，同学们都称她为

"秘书长"，大小事情基本都由她出面来张罗，其快人快语，是个热心肠。边宝华在中国历史博物馆工作，擅长国画、书法，后与范曾结合，成为其第二任妻子。

我把我在报纸上发表的一些文章和编辑的报纸给她过目，没料到回京后边宝华竟给我回了一封信，信中写道：开生同志，您好！在车厢中，我们大家轮流阅读你的游记，为之赞叹！你任务多，工作忙，还能在工作之余游览祖国胜景并书写成文，与读者共享祖国山川之美，实属难得。我们敬佩你的敬业精神与不断提高文化素养的求索精神，只要有追求就能进步！回京后忙于各种事情，未及时回信，盼谅。我们几位老姐妹都特别感谢你给予的热情接待，有机会再见。此祝工作顺利！书祺！编祺！

信是两页纸，写在"抱冲斋信笺"专用笺上，抱冲斋是范曾的斋号。

2013年仲夏一天，我正在单位迎接客人，中巴车上走下来一位清瘦老者，定睛一瞧，竟然是中国画研究院（中国国家画院的前身）的老院长刘勃舒，刘勃舒是徐悲鸿的弟子，以画马饮誉画坛。他的爱人何韵兰，碰巧也是央美附中第一班的学生，身材高挑的何韵兰跟在后面下了车。

2008年，央美附中第一班的全体同学，合作出版了一本纪念集《永远的附四——一个班集体的故事》，王玉哲的那一本，被转赠给了我。我回办公室取出纪念集，在何韵兰休息的时候递上去，请她签名。她一看到集子，登时愣住了！瞪大眼睛问我："你怎么会有这本书？"我把来龙去脉简明扼要地讲了一遍，她连忙问起老大姐的身体状况，并让我转达她的问候，又聊了一会天后，愉快地签上了名字。

我的画家朋友、山东工艺美术学院的教授卢洪刚，是范曾的学生。一次，卢洪刚下榻酒店，一进房间，他便哈哈大笑起来，把我喊了过去。我正丈二和尚摸不着头脑，他打趣道："你看，外屋挂的是林岫的书法，里屋挂的是边宝华的国画，范先生的两位夫人给弄一屋里了！妙！哈哈哈哈！"

林岫是范曾的第一任夫人。她也是著名的书法家、诗人。

妙
谈
文
房

工欲善其事，必先利其器。具体到中国画的笔墨纸砚和颜料使用上，亦是如此。

戊戌清明，适逢青岛画家姜宝林回乡祭祖，邀刘咏和我一叙。姜宝林早年求学于潘天寿主持的浙江美术学院，随顾坤伯、陆俨少攻山水，随陆维钊攻书法，兼习人物、花卉，与吴茀之、诸乐三、陆抑非、周昌谷、方增先等皆有密切的师友关系，后考入中央美院研究生班，受益于李可染、叶浅予等。闲谈之中，他娓娓道来自己的见解。

中国画的择笔很关键，姜宝林直抒胸意。过去画画用的毛笔，都是取动物的毛做笔芯，故称"毛笔"。如常见的羊毫、鹿毫、狼毫等。狼，是黄鼠狼；狼毫，是指黄鼠狼尾巴上的针毛。亦有用兔毛、水貂毛或老鼠的长须制笔的，如今都不多见了，改用猪鬃、尼龙丝替代。还有一种山马毛笔，潘天寿后期最擅用，此笔是从日本带回来的。山马毛芯是空的，故弹性很强，潘先生用着得心应手，亦画了许多传世佳作。他有一幅示范中国画的照片，手中握的笔，笔毛呈散开状的，即是山马毛笔。

我注意到，姜宝林常用的毛笔，是一支普通的素竹管。长长的笔锋，笔头和笔管连接处开裂后又被缠紧。一问才知是伴随其身 30 余年的旧物，属长锋兼毫，即笔芯是猪鬃，外围裹羊须。姜宝林用顺手了，舍不得更换。他的许多大画精品，皆出自这支已有包浆的看似寒酸的旧竹管毛笔。

据姜宝林讲，其在浙美求学时的老师陆俨少，案头文具极简单，仅一块端砚、两支笔，另有一只瓷制小笔洗。一支加制山水笔，画画题款用；一支大白云，专门着色用。笔洗内有三个分格，一大二小。陆先生用笔用墨十分精准，画完画后笔洗内的水基本还是清的，着实令人佩服。

据传，黄宾虹的毛笔则从来不洗。用笔作画时，抓过来将结硬凝固的笔尖放在嘴里吮一下，待笔尖松动了即开始画，故其画中有些笔墨似硬笔书法。画着画着，笔慢慢"晕开"了，接着再画。他的这个特点非常有趣。

虹叟择笔不甚讲究，甚至喜欢用秃笔。而一度为其楼上楼下邻居的陆抑非，是海派领袖吴湖帆的得意弟子，擅画小写意花鸟。程十发曾称他是"自恽南田以后 300 年来兼工带写和没骨法开宗立派第一人"。其用笔很讲究，将用过淘汰的毛笔，悉数赠予黄宾虹。虹叟感到过意不去，让陆抑非随便挑几张自己的画以作答谢，陆抑非竟然只挑了两页小册。黄宾虹见状十分不悦，背后对其夫人说："陆子尚非知音者。"

聊至此处，姜宝林哈哈一笑，说这些画放到现在，可统统都是宝贝啊！老先生们真是可爱极了。

谈到国画用墨，姜宝林亦深有体会。他说他在浙美求学时，每天都是自己研墨，砚台每天也必须清洗干净。过去的墨大都是油烟墨，少数为松烟墨。徽州的名墨有曹素功、胡开文等老牌子。松烟墨浓黑，古朴无光泽。油烟墨光亮、透明、有神采，越黑越亮。一些好墨还加入了冰片、麝香、沉香、犀角、珍珠、樟脑等名贵中药材，亦是止血、消肿的良药。现在的即用墨汁品质则差得太多。好的墨汁干后，以呈龟裂纹状者为佳；如是整张的薄片状，则差则假。姜宝林认为，现存的清墨最宜书画，同治以后的老墨作画使用尤佳。时间再久了，胶不固烟，墨就不能用了。

黄宾虹用墨十分讲究，随身总带一锭好墨，且从来都用自己的墨。宿墨本来是国画中最忌讳使用的脏墨，虹叟却化腐朽为神奇，不仅用，而且创造了宿墨法。他善于在看似漆黑的画面中，用几块留白来"透亮"，让黑黢黢的墨色活了起来。

文房四宝中，姜宝林认为，作画用纸亦至关重要。俗话说，纸寿千年。过去安徽泾县的宣纸制作皆是以青檀树皮为主要原料，并要将其沤上一年，洗出来的筋（纤维）有一米多长，对着阳光看，宣纸中会有一圈一圈的云纹，非常耐用且不易破。如今制作宣纸的古青檀原材料已近枯竭，新的替代原料中的纤维被机器裁碎，纸没有了筋性，一旦皴擦用力过度，则非常容易撕裂。以前宣纸用自然阳光漂白，现在使用化学漂白剂，纸看上去很白，却脆而不自然。化学颜料画上去，多年以后，真不知道两者会发生什么样的化学反应。

讲到此，先生一脸凝重与无奈。

姜宝林对宣纸品质的要求极高。他说，他每遇到好纸都要想方设法买下来。好的老宣纸现在已不可多得，在其上作画时，可以引发人的创作灵感和激情。一张老纸，画出来的感觉绝不一样，画了还想画。上瘾！

在普遍使用胶管国画颜料的当下，姜宝林却有着对传统文化品质的顽强坚守。

"作画用的颜料，我一直喜用苏州姜思序堂出品的天然矿物和植物原料，自己研磨。姜思序堂国画颜料制作技艺已入选国家级非物质文化遗产名录。"他讲道，"好的颜料，发色正，保存久。如国画中的石绿，原材料就是孔雀石。制作颜料时，需将其粉碎研磨后再漂出。漂在最上面最轻的细细一层，是四绿，再漂一层稍厚的是三绿，再一层是二绿，最后剩下颗粒最大者是头绿，色最重。朱砂亦然，漂在上层的是朱磦，沉淀在下面浓艳的是朱砂。再比如天然植物颜料中的花青，原料即是蓼蓝。"

这些传统的与书画相关的知识，如今听起来却十分冷门和新鲜。

李可染作画用颜料亦很讲究。曾是其研究生的姜宝林深情回忆道："大家都知道他创作《万山红遍》系列时所用的朱砂，是清宫旧物，异常珍贵，堪比黄金。可染先生另有一个特点，作画从来不让外人看，包括妻子。邹师母（邹佩珠）和他刚结婚那会儿，要看可染先生画画，李可染不让，为此还吵了架。后来，师母了解到可染先生的性格习惯后让步了，并且在任何情况下，都尽量保证老师能独自关上门画画。"

"我做李可染先生的研究生时，还是从中央新闻纪录电影制片厂拍的纪录片中了解了老师的用笔方式。当时共拍了四部纪录片，另有蒋兆和、叶浅予和李苦禅等先生的。"姜宝林接着讲，"老师在家授课如讲到某处，师母会从屋里间，取出可染先生的画作以便示范讲解，先生从未有课徒稿，也不当面示范用笔。但先生讲课特别细，备课也要好几天，甚至一周，极其严肃认真。"

其他几位先生也各有特点。陆俨少作山水画习惯从三分之一处起稿，先画树，再画峭壁、云。往上画满后，再从上往下画，通篇审视，然后在下面补石，再补其他。构图非常饱满。

叶浅予资格老，脾气大，大眼睛一瞪，十分威严。"文革"后恢复工作，其任中央美院中国画系主任。后来，博士生指导组成立，他任组长。姜宝林的第一节研究生课，他当着众多老先生、年轻教师和研究生的面，上来就说讲两点："第一，你们不要都学李可染，我们这里李家山水够多了，把你们从全国各地招来，就是要打破李家山水一统的局面。第二，你们是研究生，要研究问题，走自己的路。讲完了。"

李可染就坐在下面，心里不知是作何感想。那时的老先生们，皆是如此率真烂漫。

容社题匾

大明湖历下亭有联曰：海右此亭古，济南名士多。

仿效东晋王羲之的"兰亭雅集"和北宋苏东坡的"西园雅集"，2015年初，泉城济南的李学明、梁文博、王经春、张望、卢洪刚等10位志同道合的闲雅之士、画坛翘楚，于舜耕山下之土屋结社，社名曰"容社"，取其从容、容纳之意，于艺术可容纳百川，于胸怀可有容乃大。

被誉为"天下第一名社"的西泠印社，招牌由一代宗师吴昌硕所题，留芳百余年。容社之匾由谁题写，事关重大。众贤合议后一致商定，拟请清华美院博士生导师杜大恺题额。

杜大恺，1978年考取中央工艺美院研究生，并参与了首都国际机场壁画的创作，协助袁运甫先生绘制了《巴山蜀水》。20 世纪 90 年代，杜大恺开始水墨画的语言探索，自出新意，后被评为清华大学首批文科资深教授。

杜大恺艺术修养全面，其书法作品师古不泥，其人温文尔雅，不疾不徐，在美术界和书法圈颇有口碑，为题写匾额的理想人选。山东艺术学院教授、画家梁文博曾对我讲，昔年他去杜大恺家中拜访，发现墙上所挂国画更换，遂问其故。杜老讲道："好画挂上最多看半年足矣，好书法则可以看两年。"由此可见，其于书法更高看一眼，亦颇下苦功。

杜大恺欣然受命后，即日便题好"容社"匾额。

容社社员们集体观摩其所题墨宝时，有社员觉之题额虽好，但"容"字颇如一人眉开眼笑，似有失严肃。再三商定后，社员们推选容社画家卢洪刚出面，拟请杜大恺重题匾额。

卢洪刚早年毕业于中央工艺美院特艺系绘画专业，时为山东工艺美院美术系教授，其与杜大恺曾有师生之谊，亦往来密切。

是年夏，打探到杜大恺正在青岛崂山北九水带学生写生，卢洪刚等人乘高铁匆匆赶赴岛城。我接上站后已是黄昏，一行人马不停蹄直奔崂山而去。晚上七点多钟抵达山里，天色已乌黑。杜大恺和助教姜衍波带领一众学生，乘着山间夜色在院内迎候。他们都未进晚餐，一直等待客来，场景颇感人。

席中，趁着酒劲，卢洪刚低声婉转地提出了容社之请托。杜大恺闻听后表情平静，不露声色，既不说行，也不说不行。待又抿了一口高度白酒，他才用其特有的略带京腔的慢语调，缓缓地道："我觉得，这是我这辈子写得最好的两个字了"。"最好的"的三个字，稍稍加重了一下语气。说罢，面色淡然，啜了一口酒，不再言语。

卢洪刚听罢，一时僵在了那里。"老法师"绵里藏针且一锤定音的回复，让他颇觉尴尬和意外，但亦对此事绝口不提了。当晚，返程途中，大家默不作声，心里都在反复咀嚼杜大恺之答语。

两年后，杜大恺应邀赴泉城容社雅集时，其立在容社门口，看到当初所题之匾额，遂又道："现在来看，这还是我这辈子写得最好的两个字。"身后之济南众名士，不禁相视莞尔。

于无声处听惊雷。每忆及此事，我总会忍俊不禁。套用一句老电影的台词：高，实在是高！

诗人外交家

2008 年北京奥运会开幕式结束后，李肇星风尘仆仆赶回了故乡青岛，这位从胶南县（今属黄岛区）王家村走出来的共和国外交部部长，急切地想要到奥运会帆船赛举办地，见证这一历史时刻。

李肇星衣着随性，自带诗人特质，招牌式的灿烂笑容，如孩童般纯净透明，能快速拉近彼此之间的距离，让人顿生亲切之感。

我迎上去寒暄，并试探着邀他合影。他痛快地应允，来到一处有背景的厅堂中，我俩并排立定站好，他突然将右手搭在了我的右肩头上，搂着我照，我大感意外，乐不可支。这张照片上，我俩笑得格外开心，是发自内心的那种笑。他亲切地称呼我为"小老乡"。如果不介绍,谁会想到这是大名鼎鼎的李肇星呢?一点架子都没有!

次日早餐时,一见面,他即兴奋地对我说:"我昨晚上激动地一夜没睡好,写了一首诗,念给你们听听!"诗的题目是《祝贺青岛奥帆初航》。

> 一百年难题有了答案,
> 三十年梦圆山海璀璨。
> 绿色首都巢新鸟多,
> 好运香港新添马苑。
> 亲爱的故土响起国歌,
> 第一次庆迎金牌帆板 。
> …………

李肇星声情并茂朗读着,乡音依旧,工作人员被他浓烈的乡情和激情所感染,情不自禁地鼓起掌来。

四年后的清明小长假,李肇星夫妇再次回到家乡青岛。见到我,他取来一本新书,是青岛出版社为其出版的《从未名到未名·李肇星感言录》,他在扉页上信笔为我即兴题字:开生老乡哂正。祖国至上,家乡可爱。李肇星,2012年4月5日八大关。

打开新书,正文第一页竟然是2008年奥帆赛他连夜赶写的那首诗的影印稿,诗是手写在八大关宾馆的信笺上的,原汁原味!

风雪果子沟

　　岛上书坛耆宿蔡省庐，足下弟子众多，张伟侧身其中，能传其法。

　　张伟，字绩之，于书法外，亦通诗词文赋，兼摹秦玺汉印。余偶见其刻"风雪果子沟"白文印，极喜。据其言，庚辰霜月，其晚入新疆伊犁果子沟，恰逢大雪，深及三米。车困于此，单衣薄衫，相搏风雪。至子夜，方得脱困，经此一险，铭心刻骨。遂命刀为纪。印文刊罢，其以刀背磕以碎点，印面顿呈风雪翻舞之状。有瞬思妙得之趣。

　　又，丙申暮秋，其发起大沽河艺术采风活动。至莱州，聚以书画笔会。见画家陈灵均于一废宣纸头上信手捺笔，留下墨彩交织之痕，浓淡氤氲，颇富变化，似偶然天成之作，窃喜。遂嘱陈君落款，取之收入囊中。

　　未几，大沽河之行诸采风作品悉数结集，此帧小品，配以其自作长跋，赫然在册！跋曰：观之若水边蒲草，又若夏荷初绽，可谓无意于兹，而意在兹焉。蓦然回首，灯火独见，真两步斋之一乐也。

　　两步斋，乃张伟之别署。

梦断《老井》

《梁文博画集》的序言,由梁文博山东艺术学院的老同学、画家岳海波捉笔。两人在校求学时,同吃同住同劳动,知根知底。文章读起来生面别开,趣味盎然。

序文中,岳海波披露了梁文博 20 世纪 80 年代中叶,曾被张艺谋选作吴天明导演的电影《老井》中男二号一事。某年初春,梁文博来青写生,一次聊天中,概知其故事始末。

梁文博,山东艺术学院美术学院教授,硕士研究生导师,以工笔人物画和写意紫藤画见长,业内有"梁紫藤"之誉。其为人随和,诙谐幽默,亦十分健谈。虽略有口吃,然瑕不掩瑜,在艺术圈内颇有好人缘。

1987年，西安电影制片厂厂长吴天明拟将作家郑义的长篇小说《老井》搬上银幕。时委派厂里的摄影师张艺谋（片中男一号）带人来山东艺术学院表演系，挑选片中所需之男演员。表演系的学生普遍长得帅气，挑来选去，未找到合适的人选。待众人路过学院美术系教室时，正好见到眉飞色舞为学生讲课的梁文博。其丰富的肢体语言和表情让人印象深刻。因有同校老师带领，双方还互相打了招呼。

无巧不成书。黄昏时分，住在校内宿舍的梁文博下班骑自行车买菜时，在校园门口又偶遇了张艺谋一行。双方一番闲聊后，张艺谋对其形象暗自满意，并邀请他晚上一起吃饭。席间，张艺谋拿出剧本让梁文博过目，且给他暂定下了剧中男二号的角色。同时，他嘱咐梁文博回家要背熟剧本，说不日会派人来辅导其表演。

直到西影厂的试镜通知来时，辅导表演的人也未见踪影。因张艺谋曾讲"演戏就是玩儿"，故梁文博壮着胆子，坐上火车直奔古都西安而去。

当时《老井》剧组共有三组演员。梁文博试镜的那一组，是与女演员方舒演对手戏。方舒是童星出身，入戏很快。俗话说，术业有专攻。由于没受过专业表演训练，加上镁光灯强光一打，乌泱泱的看眼的人又多，上场后的梁文博顿时有点发蒙。台词对着对着，大脑就一片空白。导演遂让他调整情绪，背熟台词再试。遗憾的是，再试依然无法入戏。

连续试了两天，状况频出，迟迟不能入戏。真是应了那句老话：隔行如隔山。张艺谋遂出面解围："你是学美术的，干脆先帮我当阵子美工吧。"如此，在剧组待满一周后，导演才决定让他回家等消息，说一个月左右给信。往后，梁文博在济南等得望穿秋水，奈何剧组自此杳无音讯了。

后来，电影《老井》获得了第二届东京国际电影节故事片大奖、第七届夏威夷国际电影节评审团特别奖和第八届中国电影金鸡奖最佳故事片奖等多个奖项。对此，梁文博是颇有些后悔和不甘的。

他说，可惜当时未和张艺谋照张相。

又，某次梁文博与众画友赴外地写生，一徽州客人造访请客。聚餐席间，梁问徽客生辰，客答：

"属犬。"

梁文博一时未反应过来，心想十二生肖何来犬乎？

客解释："徽州人言狗作犬。"及问："梁老师，您属啥？"

"属猿！"

梁文博脱口而出。见对方一脸懵相，暗自洋洋得意。

事后，梁文博放言：此为其平生"接话把"精彩幽默之绝版。

◎ 童年

◎遛鸟

沉默的人

2014 年 6 月 7 日，初夏的岛城，天晴日朗，气候宜人。八大关山海关路 9 号院内，花木葱茏，姹紫嫣红，一群漂亮的黑喜鹊在高大的雪松、龙柏间嬉戏打闹。绿油油的草坪上，一只头戴花冠的戴胜鸟旁若无人地自顾觅食，活泼可爱。应邀来青讲学的莫言下榻于此。

彼时，国内的"莫言热"正如火如荼，他的各种版本的书作销售火爆，供不应求，故莫言此行备受关注。晚饭时，我第一次见到了莫言，他着一件崭新的长袖白衬衫、一条深色长裤，中等个子，面色红润，但不苟言笑，身体微微有点发福。他头发不多，前庭广大，仅大后方有稀疏的一小片，从左一侧拉至另一侧去，即是俗称的"地方支援中央"。餐桌上，莫言几乎没吃什么东西，一会一帮人来寒暄、敬酒，一会单蹦一位来索签名、合影。看得出他很无奈，本来就不怎么会笑的脸上，基本不见什么表情，但他不厌其烦，起起坐坐，尽力配合。想必获奖后的一年多来，如此这般情形，他已身经千百次，见惯不怪。

晚餐接近尾声时，我悄悄将一大碗爆锅面递到他面前，他和我对视一下，微微点了点头，遂低下头去。一碗面很快见了底。

临出门时，莫言和我单独合了影，并让随行人员拿过一本书来，问了我的名字，提笔在书的扉页上快速写下：王开生先生正之，莫言，甲午五月。书的名字是《酒国》。

莫言属羊，大我一轮。他是外冷内热的人！

补
匾

作家王干以小说和文学评论蜚声当代文坛，然其获鲁迅文学奖的作品，却是散文集。

王干成名颇早，三四十岁始，以一部《王蒙王干对话录》在文坛扬名立万，圈内人士即有称他为"干老"的。传着传着，"干老"的称呼，便约定俗成叫开了。"干老"性格开朗，极善言谈，亦好烟擅酒，兴之所致，常常眉飞色舞、妙语连珠，尤其独特爽朗的笑声，最富感染力。极度兴奋时，笑声中会伴随着猛拍旁人肩膀的击打声。被拍打之人，定是他喜欢的人，至于疼不疼，只有被拍之人心知肚明了。

某次王干来青，晚餐酒后，他余兴未减，回到住处，又下楼在附近打了些散啤，惜无下酒小菜。经游说酒店值班人员，得以夜至小备餐间的冰箱中，翻腾出一包榨菜丝，加上随身携带的几小包航空饼干，其与散文家周蓬桦等三四人，硬是又喝了半宿。第二天见到我，"干老"将昨晚之事，眉飞色舞地描述了一番，欢喜得像干了一件了不起的大事。

王干写得一手好字，酒后所书尤为出彩，其为青岛莫奈花园所题之匾额，即是代表作。据言，其曾以四尺整纸书法作品换得一箱茅台酒，颇令同行艳羡。

王干昔年与汪曾祺过从甚密，自言是受其影响至深的两人之一（另一人是王蒙）。某次，王干应邀至汪曾祺家乡高邮。晚餐中，他拍下餐馆门头匾额发至朋友圈，上书"祺菜"二字，让众人猜猜店名为何人所题，猜中前三名，奖励书法一幅、土酒两瓶和汪曾祺散文集一套。

我当即留言：祺，是汪曾祺笔意；菜，是干老所书。

少顷，王干在朋友圈公布答案：青岛王开生先生猜对！

时人多以为匾额是汪曾祺手笔，余观"祺"字绵柔，而"菜"字硬朗，便知是王干妙笔补成。

然其允诺之书法作品、土酒、汪老散文集等，至今皆踪影全无！一粲！

又，辛丑五月，"干老"应中国海洋大学学术研讨之邀，再赴岛城。晚餐后，乘着酒兴，众人簇拥着"干老"，请其留下墨宝。"干老"素以才思敏捷、善作嵌名书法闻名，这一特点与作家老舍颇似。此晚"干老"书兴大发，为诗人高建刚挥毫写下"诗人高"的横幅。诗人高,高人诗,大家齐声叫好。作家阿岱适时续上宣纸,干老瞧了一眼阿岱,低头唰唰书就:岱宗夫如何,齐鲁青未了。

轮到我了。干老略一沉思,提笔凝气写下:云开日出,霞升水生。将我的名字巧妙嵌于其中。

我问他:"干老,您知道我爱人的名字?"

他略带疑惑地慢悠悠地问:"我怎么会知道呀?"

我说:"这'霞''升'两个字,就是我爱人的名字呀,一点也不差。"

他瞪大眼睛,满脸兴奋:"太神奇了,这是天意啊!"遂在宣纸上书题如下落款:辛丑夏日于百松居,写毕方知开生之妻名升霞,天意如此,难违也!

众人亦啧啧称奇。

艺坛忘年交

　　我自幼喜欢写写画画，虽自身天资欠聪慧，但对艺术家却有着天然的亲近感和崇敬感。20世纪90年代初，因机缘巧合，我与岛城的不少老书画家们有过亲密交往。如今，老先生们先后作古，我回望昔时往事，鸿爪雪泥，略述一二。

　　陈辅是我最先认识并熟稔的老画家。先生是宁波人，幼时腿部落疾，留下病根，故常年拄单拐出行，生活不便。他艺术修养全面，国画、版画、油画、水彩画、年画、漫画、宣传画等，无一不通，手头又快，人送外号"陈快手"。其多幅作品被中国美术馆收藏，是青岛早期为数不多的中国美协会员之一。

陈辅早年凭借顽强毅力考入青岛美专。前些年,岛城画家宋守宏撰文回忆我市早期颇有成就的水彩画家时,提到了吕品、晏文正、陶天恩、陈辅和王文彬诸人。可见,在青岛这座水彩重镇艺术发展的起步阶段,陈辅是有贡献和成就的。

得空时,我常去陈辅的聚仙路小舍闲谈,看他作画,听他讲述艺坛掌故。熟悉后,他视我为忘年交,一些笔会和画事活动常常携我同去。20世纪90年代,中山公园常举办迎春画展,岛城书画名家悉数到场。某次,马龙青、冯凭、宋新涛等人驻足于他的画作前,马老指着其中一幅《秋艳图》称赞道:"这幅菊花画得好。"陈辅在旁听罢,脸上竟泛起红晕,双手合十不住致谢。在艺术上,他一向谦逊,不浮夸,不张扬。

后来,陈辅亲手创办了青岛市水墨画研究会。当时研究会艺术活动较多,他与老画家们相处和谐。尽管病体有诸多不便,但身为会长的他常常忙前忙后,服务大家。

相处多年,陈辅常有作品相赠。20世纪90年代中期我结婚时,他精心绘制了《江南水乡风情浓》山水横幅,附两个红色台灯一并相赠作贺。陈辅生前,曾想好好梳理自己几十年的艺术作品。然而,直至去世,他也无力出版一本像样的个人作品集。

画家鲁星五当时住在青岛九中后面一条老街上。他是水墨画研究会的名誉会长,以小写意花鸟画见长,尤擅画燕子、喜鹊、鸽子、八哥和雄鹰等飞禽。先生淡泊名利,不求闻达,多以书画遣兴自娱。某次我受人之托,给他送去润资。待上楼进屋后，我愣住了。他的家紧巴得出奇，只里外两间小屋，画案竟是一张普通的老式写字台，上面堆放的书籍和文房用具已占据不少空间。家里比较凌乱，没有什么像样的家具和摆设，可以说，寒酸程度出人意料。鲁星五极谦逊随和，不像是一位老艺术家，反而更像隔壁的某个普通老大爷。唯一特别的是他不经意间流露出的书卷气。

画案上，一张四尺三开的宣纸上画有一枝红梅老干。遒劲的枝干上，一只喜鹊含情注视下方，底下的一只喜鹊，张着嘴，扎着翅，脉脉仰望着上方，似在倾诉。整个画面上下呼应。他和蔼地说："稍微等一会，我题上款。"遂提笔题了"喜上眉梢"和我的名字上款，以及"聋翁星五"落款。鲁星五转过头说："这是送你的。"

真让人喜出望外，我连声道谢。出门时，老先生坚持要送到楼梯口，并一直目送我下楼，我这个晚辈后学深受感动。多年来，我接触的艺术家数以千计，但我唯对鲁星五的谦恭随和印象深刻。后来，我在各处见到的不少他的画作，应该都是在他家的那张小桌上创作的。睹画思人，百感交集。

书法家杜颂琴，有着艺术家的儒雅气质和长者之风。他说话慢条斯理，行动不急不缓，皮肤白皙，保养得不错，颇有大家风范。当时，不少的笔会和书画活动上都能看到他的身影。杜颂琴退休后，以培养书法人才为己任，桃李满门。

20世纪90年代初，杜颂琴家住莱阳路西面的一栋小洋楼里。二楼面海的书房中，常常高朋满座。我进屋时，一大帮人正围着他，看他挥毫泼墨。先生不疾不徐，边写边讲。他忽然抬起头来问我："给小朋友写个什么？"我赶紧答："什么都行！"心想今天可算来着了。他抻好宣纸，提按顿挫，写下"书田菽粟皆真味，心地芝兰有异香"。我一直视若拱璧，珍藏至今。近年始知，当年的那栋小洋楼，即是如今的张玺故居，门牌是莱阳路 28 号。

说话快、动作快、写字快，这是我对书法家罗相福的印象。罗相福性格豪爽，没架子，爱热闹。市场三路旁他的书斋里，常常高朋满座，满是欢声笑语。某次我提到，他给黄台路的一家店铺题写的门头字很精彩，让人百看不厌。罗相福两眼瞪着我激动地说："对对对，那个门头字我自己都很满意。"他夸我有眼光，说着就铺开纸为我写字，写了一幅"生龙活虎"竖条。意犹未尽，又写一幅"梅花香自苦寒来"，并题了"开生贤契雅正"的上款。和我同去的朋友跟着沾光，也获赠一条幅，心里乐开了花。罗相福最后拉着我讲："以后有需求尽管来。"他真是太有喜感了！

和书坛常青树高小岩的见面次数，多得数不清了。他德高望重，出镜率很高，人气颇旺。先生是名人，却和蔼可亲，有敦厚长者之风。市政协会期间，高小岩习惯将身边工作人员的姓名收集齐全，会终时，皆以书法条幅相赠，每年如此。某次，他听别人讲我也学书法，复赠我一本《高小岩书法集》，并认真题好上款，又一笔一画地写下自己的名字。

　　我熟识墨卿张书年时，他已经 80 多岁了。张老题写的
"春和楼""东方饭店""海滨食品商店""大陆茶庄"和"榉林
公园"等门头招牌，在岛城颇有影响。受人请托，我邀其为一
家餐馆的雅座题写内匾，顺便送上我的书法习作请他指点。张
书年见有年轻人请教，兴致颇高，讲了一些鼓励的话，并当场
书写示范。在旁的陈辅见他对我印象不错，顺势建议我拜师学
艺。后来，因为琐事缠身，我只去过张书年家里一次，印象
中，他住在仲家洼的一栋旧楼的一层，仅有一位保姆负责照顾
他的日常起居。当时，他还写了"木落知霜劲，云开见高山"
的书法条幅相赠。

　　没承想，仅过了一年多，先生就驾鹤西去了。

老字号牌匾

作为中国独有的一种文化符号，牌匾承载着丰富的文化内涵。

受中国儒学文化熏陶的买卖商家，往往借"儒商"之名，彰显自家企业文化之格局，提升商号的知名度和美誉度。古往今来，名人名匾与名商家相互辉映、相互依赖，共同孕育了一种独具魅力的牌匾文化。

如今，人们耳熟能详的中华老字号牌匾，大都颇有来头。据传，京城名店牌匾"全聚德"和"都一处"，皆出自乾隆御笔；"同和居"和"狗不理"则分别由爱新觉罗·溥杰和爱新觉罗·溥任所书；大名鼎鼎的六必居酱园一直沿用明朝严嵩的题字，未因人而废。近现代名人所留墨迹则更多，大名头的有陈叔亮题的"东来顺"、老舍题的北海公园"仿膳"和启功题的"同仁堂"等，均影响甚巨。

岛城的牌匾文化则经历了两次兴盛时期。首次是辛亥革命后，大批的前清遗老遗少避居青岛。其中不乏饱读诗书、学富五车的名流大家，如徐世昌、谭延闿、劳乃宣、于式枚、陆润庠和盛宣怀等。其中影响最大的，是有"三翰林一圣人"之称的王垿、刘廷琛、吴郁生和康有为。他们的到来，使得岛城迎来了一次牌匾文化的大繁荣。一时间，自中山路至周边商业街，名匾林立，蔚为大观。

中山路的春和楼是现存最早的岛城老字号，肇始于1891年，与青岛同龄。其牌匾最初由王垿题写，"聚福楼""顺兴楼""瑞蚨祥""谦祥益"和"天德塘"等均为其题写，时有"无匾不书垿"之说，但这些牌匾今多已不存。目前春和楼门额最上方"春和楼"三字，乃康有为在20世纪20年代寓青时所题，弥足珍贵。盛锡福帽店牌匾上"盛锡福"三字，为吴佩孚墨迹，端庄厚重，亦一直坚守在这条百年老街上，与"春和楼"遥相呼应，为岛城市民所熟悉。

礼贤中学（青岛九中前身）由德国人卫礼贤创办，始于1900年，其校匾"礼贤中学校"乃刘廷琛所题。其另题有"谦益当""齐燕会馆"等匾，今已不存。

建成于1932年的青岛水族馆，是由蔡元培以及宋春舫、蒋丙然等提议兴建的中国人自行设计、建造的第一座水族馆，馆名由胡若愚题写。始于1935年的青岛市礼堂（兰山路礼堂）

之名，由时任青岛市市长的沈鸿烈所题。现一存一废。

清末书家吴郁生题写的"玉生池""瑞芬茶庄"，是其寓居岛城时题写的为数不多的匾额，惜今已废。

20世纪80年代至90年代，是岛城牌匾文化的又一个兴盛期。其时，一大批书画名家重新焕发了艺术生机，加之国家改革开放带来红利，各行各业呈现大繁荣景象。此时，岛城名家名匾遍地开花。地方名家尤以高小岩、王梦凡和姜宏钧三位之书最为常见，风靡一时。

这一时期现存的名家题额，目前集中在老城区的，尚有董寿平题写的"东方贸易大厦"。其所绘梅花和竹子，在艺术界有"董梅寿竹"之誉。山西晋祠内设有董寿平美术馆。

原火车站旁边的华联商厦曾红极一时。其店招为书法巨擘沙孟海所题，其生前为中国书法家协会副主席和西泠印社社长。

曾任全国人大常委会副委员长的王光英，颇有书名，为中山路南头的发达商厦题写了门头招牌。

始建于1979年的黄海饭店，现店名由中国书法家协会首任主席、"红军书法家"、"党内一支笔"舒同所题，其书法自成一体，世称"舒体"。华侨饭店、回澜阁、市立医院、青岛二中、青岛革命烈士纪念馆的题额以及《青岛日报》之报头，亦是舒同不同时期在青岛所书。

山东籍书法家武中奇，有"笔如风云气如虹，积健为雄见此翁"之誉。其书法独具面貌，亦称"武体"。他曾任中国书法家协会理事、江苏省书法家协会主席等职。他还为海天大酒店、崂山华严寺等分别题额。

20世纪80年代初，刘海粟在岛城饱含深情地为业师题写了"康有为故居"匾额，从中依稀可辨康体书风对他的影响。

另一个岛城老字号涉外饭店汇泉王朝大饭店的店名，由岛城以魏碑见长的首任书协主席高小岩题写。山海关路15号八大关宾馆的门匾，亦是其同时期墨迹，均沿用至今。

高小岩与张叔愚、蔡省庐、杜颂琴、王梦凡合称"青岛书法五老"。青岛天后宫"督财府"匾额为王梦凡所题；蔡省庐在崂山留有"重修太平宫记""海印寺遗址""翠澜"等多处刻石。杜颂琴则为崂山太清宫题写了匾额。

百年老店春和楼，原康有为题额下方另有一匾，黑底金字，为岛城书法家张书年所题。"东方饭店""四方大酒店""海滨食品商店"和"青岛食品商店"等商家招牌，皆出其笔端。张书年另题有"台东五金商店"。

沂水路上的老市政府大楼，原为德国侵占时期的总督府，历尽百年沧桑。其"青岛市人民政府"题额，原为岛城书法家修德所书，庄重静穆，广受好评。原温州路"青岛汽车站"招牌亦是其同时代墨迹。

20世纪80年代，第一海水浴场南侧曾有家白浪花活海鲜酒楼，开时代之先，名噪一时。其酒楼招牌，初请时任中国书法家协会主席的启功题写。但启功笃信佛教，仅题了"白浪花海鲜酒楼"，始终不肯写这个"活"字，故已题好的店招，搁置未用。又请修德重题，乃用。后店家选取启功所题"白浪花"三字，制得一大型广告灯箱牌，将其立于酒楼楼顶平台显眼位置。

"白浪花"的马路斜对过,是中国科学院海洋研究所。其门头招牌大有来头,乃是中国科学院首任院长郭沫若所题,厚重凝练,沿用至今。郭老与青岛亦有缘分。1954 年 7 月,其首次来青,下榻在太平角海滨岩崖上的太平角一路 23 号别墅。他说这里像日本的博多湾,但如此广阔平坦的沙滩浴场,他在日本也没见到过。

此外,著名高僧倓虚法师题写的"湛山寺"、吴作人所题小鱼山"览潮阁"、张仃题额的"青岛画院"、范曾题写的"青岛卷烟厂"、臧克家所题"青岛饭店"和尹瘦石题写的"金光大厦"等,在岛城均有较大影响。

在城市化改造和汉字规范化书写的当下,一大批颇具文化内涵的老匾和店招退出了历史舞台,令人惋惜。如今,由清一色电脑美术字组成的门头匾额,虽花样迭出,但总感觉少了些文化底蕴,多了些浮躁气息。这不禁让人又怀念起,那些曾经令人赏心悦目的老牌老匾了。

◎小放牛

巧舌如簧

海风习习，海浪声声。仲夏的傍晚，八大关太平角一处临海的百年别墅庭院内，一场名为"龙吟盛世 骏跃华程"的国乐专场音乐会，正在火热进行中。闻讯赶来的300多名粉丝，早已挤满现场。今天的主角，即是国乐演奏家方锦龙。

方锦龙这个名字，老实说，过去我并不熟悉；他演奏的国乐，更知之甚少。印象中，我在某档综艺节目中瞥见过。故本场演出，我把前排的座位让给了熟人，自己则站在场地一侧。我想，开了场听一段，便可以撤了。

青岛的八骏室内乐团率先呈现了一曲民乐合奏，暖场后，方锦龙出场。他满头大波浪银丝，面色红润，中等个子，气宇轩昂，举手投足间颇有舞台范儿。他手持一叶黑片儿，因为太小，并不能看清全貌。贴嘴一吹，可了不得，一声高古的长音，带着颤悠悠的"电声"，蓦然回荡在空旷的海天之间。观众的心在那一瞬间，被紧紧地摄住，大家都屏住呼吸。随着演奏者嘴唇、舌尖的变化，高低起伏的古音时如急电，时如细雨。小技甫一亮相，顿时全场沸腾。

原来此物即是簧，成语"巧舌如簧"，说的就是它。传说，女娲不仅补了天，还造了簧；其兄长伏羲，则创造了弹拨乐器。方锦龙以自己特有的"方氏方法"慢慢讲道："我一直反对'民乐'的叫法，而称其为'国乐'。国，是联合国的国；乐，是世界的乐。国乐要走向世界，展示民族文化自信。我认为，古人造字大有学问，音乐的'乐'和快乐的'乐'是同一个字，听音乐能使人快乐。古人又发现草能治病，所以草字头加上音乐的'乐'，变成了'藥'（药），说明音乐还能疗伤。宫商角徵羽，对应五脏的脾肺肝心肾，这是真的。"

方锦龙幽默善谈。他用"方言"继续讲："中国本土的传统乐器，多数是单字，如笛、箫、筝、琴、竽、笙。两个字的，多是外来乐器，如琵琶、扬琴、唢呐等。日本、韩国的乐器多是从中国传过去的。"他如数家珍，侃侃道来。

场上，方锦龙似魔术师般，变换着手中的乐器。笛子横着能吹，竖着能吹，用鼻子也可以吹。一把琵琶，一会儿弹似日本乐器，一会儿拨出了印度风，一会儿又溜到了伊斯兰国度，变幻莫测，余韵无穷。观众听得如醉如痴。方锦龙一边演奏，一边深入浅出地普及国乐知识，还时不时地来两句冷幽默。他笑言："我演出从来没谱，但是着调。"

此种舞台风格颇新鲜有趣。我决定，暂且留下，站着再看一会儿。

这一站，不知不觉中竟站到了终场。音乐会的高潮，是方锦龙用琵琶弹奏的《十面埋伏》。我虽不懂国乐，却深受震撼。他怀中的琵琶，时而声急，时而声缓，时而如战鼓齐鸣，时而似马蹄声、刀戈相击声、呐喊声交织起伏，一时间让人透不过气来。蓦地想起白居易《琵琶行》中的诗句："大弦嘈嘈如急雨，小弦切切如私语……银瓶乍破水浆迸，铁骑突出刀枪鸣。"用在此处，恰如其分。

悠扬抒情的《忆江南》琵琶声起，把现场观众又带入了另一个唯美的小桥流水世界。听着听着，不少女观众已泪眼蒙眬。国乐演奏能达到如此境界，我未见过第二人。方锦龙之神奇，真是百闻不如一见。

据其介绍，他手中的琵琶有五弦，比普通的琵琶多一根弦。正所谓艺高人胆大。

机缘巧合，次日得与方锦龙再度相聚。聊天中他讲，青岛的这场演出，对自己而言也是新的挑战。海边湿度大，古琴上尽是雾水，抚琴时，手指会"打滑"。尽管如此，他还是经受住了考验。偶尔有个别的断音，断就断了，意到了！如同中国书法中的枯笔，笔断意连。

方锦龙称赞，青岛观众整体素质还是高的，场地上少有乱走动和乱鼓掌现象。西方的大多数交响乐演奏会，场内如有异响，如手机铃声，演出会立刻停下来，国乐同理。抚琴如同打坐，需凝神聚气，人一走动，气就散了。音乐会鼓掌也有学问，音乐声还在缭绕时，观众鼓了掌，乐符就在天上下不来了。要待它慢慢落地，演奏者鞠躬之后，方能鼓掌。遇到不该鼓掌而鼓掌时，方锦龙一般会委婉地打趣，问观众们都是练太极的吗，趁观众一头雾水时，他再提醒：鼓掌太急（太极）。观众会意地笑了，接下来自然会校正。

虽然称之为国乐，但大多数国人本土乐器知识的匮乏不言而喻。国乐要接地气，人就要转换角色、换位思考。国乐太单一，二胡就是二胡，琵琶就是琵琶。搞古琴雅集，单色音调，弹二三曲尚可，搞上两三个小时，非专业人士会觉乏味，甚至困倦不堪。水平再高，观众也不买账。所以古人讲琴瑟和鸣、琴阮二弄，自有道理。方锦龙提倡国乐艺术家一定要搞多元化，乐器样样拿得起。如同小龙虾好吃，也不能顿顿小龙虾一样，要搭配些其他菜品才行。

正说着，方锦龙从茶桌上顺手拿起一个黑瓷牙签筒，取下盖子，倒空牙签，即兴吹了一段《牧歌》，竟颇有古埙之声，令人拍案惊奇。放下牙签筒，他又鼓起双腮，用两手手指轻轻弹击，即是一首《音乐之声》。取一小片绿叶，竟吹出一段《刘三姐》，怪不得观众送他"百变魔方""方独秀"等诸多雅号。他说，外号都是善意的，观众喜欢你才给你起，要不然谁会理你呢？行行出状元，关键要找到开门的那把钥匙。

方锦龙直言，国乐的交响，乃至百人大合奏，非是终极目标。我们的强项要体现在独奏和重奏上，以此方能表达国乐的个性。他说："我一把琵琶弹《十面埋伏》，可以弹出千军万马的气势。日本、韩国、印度哪有几支百人的乐队？印度不过有塔布拉鼓等几样乐器，日本的名乐器也不过是尺八、三味线和日本筝，韩国也是如此。我们关键得有以一当十的文化自信。"

据说，有一次方锦龙在塞浦路斯演出，一把琵琶经他弹拨，演绎出一支交响乐团的效果。演毕，该国副总统上台激动地紧紧抱住他，热烈地行贴脸礼。

方锦龙，一个见上一面就会让你爱上国乐的文化"布道者"。

魔弓传奇

2019 年青岛的桂花季，比往年整整晚了一个月。

金桂飘香的 10 月下旬，叱咤琴坛 40 载的乐坛常青树吕思清迎来了自己 50 岁的生日。这位 1969 年 11 月出生于青岛的小提琴家，4 岁学琴，8 岁被中央音乐学院附小破格录取，17 岁即获得第 34 届帕格尼尼国际小提琴大赛的第一名，成为乐坛一代传奇。

魔弓传奇是吕思清为自己小提琴独奏音乐会巡演起的名字。吕思清回到家乡演出的当晚，青岛大剧院外一票难觅，音乐厅内座无虚席。

一曲悠扬的帕格尼尼《A 大调奏鸣曲》，拉开了独奏音乐会的序幕。随后，吕思清又倾情演绎了德沃夏克《G 大调小提琴小奏鸣曲：作品 100 号》、勃拉姆斯《 C 小调谐谑曲》、斯文森《浪漫曲》、维尼亚夫斯基《 D 大调波兰舞曲》等，观众们如置幻境，安静地聆听。我亦屏住呼吸，生怕漏掉一个音符，几曲下来，竟紧张到口干舌燥。

中场休息后，吕思清为家乡乐迷们奏响了钢琴伴奏版的完整版《梁祝》。据说，他曾先后录制过五版小提琴协奏曲《梁祝》，唱片发行量数以百万计。

26 分钟！天才吕思清给观众们营造了一个唯美多彩的音乐世界。草桥结拜的抒情、同窗三载的欢快、英台抗婚的激烈和梁祝化蝶的情意绵绵，让观众的心随之荡漾起伏。曲毕，全场报以长时间热烈的掌声，致敬这位"东方帕格尼尼第一人"。

最终，吕思清以精彩的《阳光照耀在塔什库尔干》为整场演出画上圆满的句号。观众坐在席中，意犹未尽，用不停歇的掌声呼唤着吕思清的再次回归。

少顷，额头上沁着汗水的吕思清，面带笑容，返场向观众致意。他深情地说："我去过世界各地巡回演出，但今天家乡的观众是最棒的。诺大的音乐厅内秩序井然，没有杂音，尤其来了许多小朋友，更是不易。再者，演奏的乐章间隔中，没有观众乱鼓掌，一曲终了，也没有观众抢先鼓掌，早晚等到最后一个音符落下，方才鼓掌，这么专业，十分难得。"

言罢，吕思清即兴演奏了一曲《爱的致意》。曲终，全场报以热烈的掌声。

吕思清微笑着再次返场，奏响了《查尔达什舞曲》。掌声、欢呼声更加热烈。

第三次返场，吕思清难掩兴奋。一曲抒情的《牧歌》后，雷鸣般的掌声再次响起。

罕见！吕思清第四次返场了。全场观众在惊喜中聆听了他带来的《中国花鼓》。现场爆发出暴风雨般的掌声、欢呼声、尖叫声。

罕之又罕，吕思清竟然第五次返场，音乐厅气氛达到顶点，许多观众都站了起来。一曲《沉思》饱含深情。经久不息的鼓掌声、欢呼声、尖叫声，此起彼伏。吕思清用他的激情、才情和热情，燃爆全场。

被浓浓乡情包围感染的吕思清，多次返场鞠躬。看得出，他累并快乐着。

观众们依依不舍，一步三回头，走出华灯齐放的大剧院，走进飘散着桂花香气的茫茫秋夜中。

这晚的月光，竟如此皎洁。

书
画
江
湖

　　20 世纪末至 21 世纪初可以说是中国书画市场的复苏繁荣期。"中国书画市场看山东"之说迅速在全国书画艺术圈内传开。此后经年，又衍生出"山东书画市场看潍坊，潍坊书画市场看青州"的金句，影响时久。

　　20 世纪 90 年代末期，山东藏家和书画爱好者普遍"迷信"京城画家之名。凡京城所至之书画家，无论名头大小、水平优劣，一律好吃好喝好伺候，临走时，再包上个大红包酬谢。一时间，各地入流不入流之书画家和伪书画家都自称"京城画家"，涌向山东"淘金"。

（一）

有人群的地方，就有江湖。

20 世纪 90 年代末的一个秋天，大堂经理来电称，有京城画家要求见酒店负责人，说有事商谈。我遂被派去一探究竟。

大堂中，一干人簇拥着一矮胖中年男子。其人大腹便便，梳着"大奔头"，身披一件浅灰色风衣，故作气宇轩昂状。我把众人让进会客室。

中年男子自我介绍是京城画院画家赵某某，并递上名片。名片上除京城画院外，其他各种头衔写满了正反两面，如某画院院长、某协会会长，还不乏"世界""国际"等唬人的字眼。他们一行六人希望我们酒店能免费接待，会以书画作品相赠回报，云云。

"庄某某老师和王某某老师你熟悉吗？"我选了京城画院两位画家的名字发问。

"噢噢，不认识。"中年男子故作镇静地答道。

"那李某某老师呢？"我再问。

"这个，这个也不熟悉。"中年男子开始略显局促。

"那你是京城画院的正式画家，还是聘任画家，或是特约画家呢？"我抛出关键性问题。其实前面提的那几位京城画院的名家，我也不认识。当时信息尚不发达，但因我常年剪报，京城画院的几位名家我早已"耳熟能详"，故能张口就来，提出问题。

"特约的，我是特约的，不经常去画院，所以大部分画家我不太熟悉。"中年男子连忙解释。

狐狸的尾巴已露出来了。我给他找了个台阶下，说看看他的作品。

一干人顿时兴奋地忙活起来。有人开始了敲边鼓游说，说大师是著名的"牡丹王"，作品已被某某国家、某某政要、某某美术馆收藏，市场上每平尺多少人民币等，讲得天花乱坠。待其将随身携带的国画作品悉数摊在地毯上后，我哑然失笑。花花绿绿、墨彩浓艳的数幅牡丹和孔雀开屏之类的花鸟，媚态十足，俗不可耐。

结局不言而喻。一行人麻溜溜地收拾起了地上的"大作"，灰头土脸地告辞了。初来时的傲慢，也早已被丢到九霄云外去了。

（二）

20世纪末的一个夏天，某东北口音青年画家来访。其人高大魁梧，一表人才，自称是京城齐白石弟子娄师白的弟子，并取出画作印刷品的折页来，展示其师在两幅图上的勉句题词，以证其真。随后，俨然一副天降大任于斯的齐派再传弟子气势，谈锋甚健。

此公侃侃而谈，自言常年主攻"白石虾"，并得到其师门的认可。适时演示了一下笔墨功夫，画了一幅四尺整纸七八只虾的《虾趣图》，显然是临摹齐白石之作。其自称，每只水墨虾市值300元。

我打趣道，比真虾贵多了。

往后几天，该画家除了逢人便晒与娄师白的合影和题跋，再就是翻来覆去画那几只虾，了无新意。其人倒也实在，直言目前尚未涉猎其他题材。仅凭"一招鲜"的功夫，就敢独自来山东闯江湖，可见当时齐鲁书画市场的火爆程度以及各路人马"抢山头"的迫切心态。

临走前两天，此公提出要画张大画留念，嘱咐买上好的宣纸长卷。他要作巨幅《百虾图》。

时值盛夏，东北画家在其房间里，只穿一条大花裤衩，挥汗如雨，用了大半天时间，铆足劲儿画了一百只水墨虾。搁笔后，放下豪言："今天这画放这儿，给我1万块润笔费意思一下就行。5年后，我拿10万块钱过来收回，你们千万给我存好了昂！"

也不知其强大的自信从何而来。眼瞧其滑稽可笑的表演，心想这值10万元的画，你自己留着行了，才要1万块，多委屈自己。

当然，1万块也没人会给他。

山不转水转。过了一年多，此公又杀了个回马枪。一见面就兴奋地说："我给你画个牡丹瞧瞧。"言语间颇为自得。原来，其修炼了一年多，又学会了一招画牡丹的看家本事，投世俗所好，故敢重回山东"蒙市"来了。

再一晃，十多年未有此公的消息，我也早调离了原单位。

某日，单位办公室接到一位自称是齐白石再传弟子画家的电话，说慕名要来登门献艺。碰巧我路过听到，竟然是江湖上失联多年的东北画家，不禁莞尔。

真是人生何处不相逢啊！我那里还有价值 10 万块的《百虾图》等着你上门来收呢！

（三）

来自西北某地的画家，自称中国某书画协会常务副主席，在 21 世纪前后四五年间频频造访本地。其一行基本固定为四人：画家本人、男性司机兼保镖一人、中年女秘书两人。随从三人皆称画家为"大师"。

大师派头很足，头部总是微微上扬，眼睛斜视左前方。一件藏青色呢子大衣披在身上。右手习惯擎一支香烟。每至吸烟时，司机兼保镖适时上前，上身前倾，双手点烟，毕恭毕敬。其坐骑是一辆丰田霸道越野车，挂军牌（后来才知是假的，在高速路口被查没）。车的后备厢里是数捆的书画托片和数十卷未托裱之国画等。

大师租了一间面海的会议室，既当其临时的画室，也是他兜售画作的大卖场。后备厢里成捆的画，此时按门类摊了一地。我上前端详，一地作品竟涵盖了山水、人物、花鸟、走兽等多个题材。既有大写意笔法，又有工笔重彩，风格迥异。明眼人一看，即知这些画绝非出自一人之手，且夹杂着不少劣质行画。我猜测，其可能是从艺术院校的学生手中收的习作，亦可能是购自文化市场的商品画。这些画作的共同特点是，均未落款钤印。

大师当时的生意还不错，一是因其营销班子善于自吹自擂，虚假宣传；二是因其在电视台某图文频道投放"宣传广告"，电视台在特定的时间段，天天滚动播放其艺术经历，赫然称之为"中国厅堂山水画大师"；三是某些大人物被忽悠前来捧场，蒙住了不少不明真相的看客，花大价钱购画的冤大头为数不少。

买家大多冲着大师所谓的名头而来。看好什么画，大师现场题款钤印，末了还赠送一两张小品或现场书写一两幅"书法作品"相赠。大师这种很够意思的姿态，抓住了不少买家贪小便宜的心理。买卖双方皆大欢喜。

初来乍到，大师即赚得盆满钵满。尝到甜头后，大师也有了更大的知名度，其后又连续来了几年，有时一年来两趟，而我只见他当众画过一次画。

那次是买家执意要买他现场作的画。他只好铺开一张四尺整纸，硬着头皮画了一幅竖制水墨黄山图。从用笔即知此人是个门外汉。大师画画停停看看，我观察他是真出了汗。好在有惊无险，买家还挺满意，拿着大师墨迹未干的杰作乐呵呵走了。

一次我进门，几个人正在低头嘀咕事。见我来了，大师铺开一张六尺宣纸说："来，写幅书法。"说完左手夹着香烟，右手持笔，上来就龙飞凤舞地写道："红军不怕远征难"。写罢，审视了一下宣纸，吸了口烟，保镖赶紧双手递上烟缸，大师优雅地弹了两下烟灰，忽问道："下句什么来？"

"万水千山只等闲！万水千山只等闲！"

中年女秘书赶紧接过话来，大声重复了两遍。

大师铆足了劲儿，又挥起毛笔，身体随着笔势，激情燃烧，上下舞动，写得相当投入和陶醉。待书至"三军过后"时，大师吸了口烟又停住了，大声问："三军过后怎么了来？"

"尽开颜！尽开颜！"

中年女秘书们集体和声答道。大师潇洒地用这三个大字结束了整张书法。右手在空中潇洒地画了个弧线，放下笔。抬起头，冲着我说："兄弟，这两天跑前忙后的，没啥别的，这张就送你了。"

我"不识抬举"地连忙摆手："我不敢要，大师的作品太值钱了，我哪敢要啊！"

中年女秘书见势抢过话头，过来打圆场道："这要是在西安，大师都不敢上街出门的。要被市民认出来，可就麻烦了，要签名和合影的人太多，我们都保护他。大师给你写的书法，多珍贵，还不赶紧收下？"

任凭几人不停地帮腔，我坚持说不敢要。大师脸色明显阴沉下来。此后两天，大师再也未搭理过我。

有一次，大师险些被揭穿老底，吓得不轻。起因是买家要了他的 10 幅作品，花了不少钱。但回去后发现有几张画不对，于是要求全部退款并放出狠话。我和同事找来放大镜，偷偷看了退回的画作后，目瞪口呆，里面竟有宣纸国画挂历印刷品。大师识相地乖乖退了全款，此后好长一段时间未敢再露面。

过了不到两年，大师卷土重来。中年女秘书也换了新人，比之前的旧部稍添了半分姿色。她一来就四处放风，说大师此次要去京城上任北京画院院长一职，意在引导买家趁早购画，好待大师履新后升值。

新班子牛皮越吹越大，都吹到京城去了。

中年女秘书不识相地递上大师的名片，上面的新头衔赫然醒目：中国美术家协会常务理事。这下把我惊得不轻。其时，中国美协换届不久，听说协会只设理事，不再设常务理事一职，何来这一位新提拔的"常务理事"？

为了确保无误，我拨通了相关部门的办公电话。对方工作人员明确告知不设常务理事，再一问，此人他们也从未听说过。当然，上任北京画院院长一事，更是痴人说梦、天方夜谭了。

贫穷总是限制了我们的想象力，大师的惊人之举永远在路上。

某次其为买家的画作题款，信笔书上"中国某书画协会常务副主席"的头衔，真是闻所未闻，见所未见！接下来的一幕，更令人咋舌。大师钤罢姓名印章后，又掏出一枚三角形印章，钤在题款之启首位置。仔细一看印文，竟是"每平尺五百美金"。

呜呼哀哉！

有道是：鼠有鼠路，蛇有蛇道。此江湖大师的四人运作班子倒是分工明确。司机兼保镖负责各种造势，处处营造大师风光无两的"主角氛围"；略带姿色的中年女秘书负责游说，吹嘘大师各种虚无缥缈的头衔和光环，编造各种离谱的传奇故事；另一中年妇女则负责收钱和讨价还价，掌控财政大权。三人呼应，拾遗补阙，配合流畅。而大师只负责表演，言语谨慎，各种说辞从来不经他口流出。

这是大师自留的回旋余地，或可称作"后路"罢了。

去
今
未
远

有些记忆不容易忘掉。

第 60 届台湾电影金马奖把"终身成就奖"颁给了林青霞。她在发表获奖感言时讲，她要把奖杯献给她的母亲、父亲，他们为自己不知操了多少心，此刻在天上，他们必定感到莫大的欣慰。

林青霞是 20 世纪七八十年代的青春偶像，所谓"霞玉芳红"，林青霞是其中翘楚。说起来，林青霞的老家就在山东。因为工作的机缘，我见过她的父母两三次，第一次大约是在 1987 年的冬天，那时台湾当局刚刚开放台湾同胞赴大陆探亲，林青霞的父母得以回到阔别已久的家乡，他们下榻的饭店是我当时的工作单位。

印象中，林母胖胖的，与那个时代的青岛大姨们相比，穿着稍微讲究了一些，看上去随和亲切；林父是个高个子，有些谢顶，斯斯文文的，身边有一年轻女子陪伴。后来得知，那是他们留在大陆的大女儿，即是林青霞的姐姐。她话不多，朴素文静，细心地照顾着父母。

1988 年，林青霞的父母再度回青岛探亲，仍然住在我工作的饭店。他们到餐厅吃午饭的时候，见到我们热情地迎上来，如见亲人，连忙从包里拿出几张林青霞签名的塑封照片，一人一张，分赠我们。当时我们好奇地问这问那，她的父母都耐心地一一解答。分给我的那张签名照片，我珍藏了好几年，后来被同学的妹妹索去，终不知所踪。

我们那个年代追星，不像现在的年轻人那样狂热。我自小喜欢听相声，看相声，背相声，也在学校和单位的文艺会演中登台表演过相声，故对相声演员尤为关注。

1982 年暑假，青岛迎来一场演员阵容超强的相声会演，一票难求。我的小舅知道我痴迷相声，想办法搞到一张门票，我欣喜若狂，骑上自行车飞奔至延安剧场。马季、唐杰忠、姜昆、李文华、侯耀文、石富宽、高英培、范振钰、笑林、李国盛、贾冀光、魏兰柱等一大批相声名角儿齐聚岛城相声舞台。刘伟、冯巩当时初出茅庐，但已大受追捧。众角儿各自拿出看家本领，说学逗唱，插科打诨，场上精彩纷呈，笑声一浪高过一浪，我欣赏到一场不可复制的视听盛宴。

20 世纪八九十年代，济南军区政治部前卫歌舞团曲艺队的相声演员唐爱国、齐立强来青演出，我十分喜欢他们的表演风格，活泼热闹，大方自然，恰好演员们住在我工作的饭店，得以交流。那时候，热情的观众们给唐爱国起了个有意思的绰号——"糖葫芦"，此与前辈相声演员"小蘑菇""大面包"的艺名一样，不胫而走，一时火遍大江南北。聊天中，30 来岁的唐爱国见我迷恋相声表演，开玩笑说要收我为徒，我未置可否，就这样错失了当相声演员的机会。

1992 年，相声演员冯巩和牛振华来青岛拍摄电影《站直啰 别趴下》，并下榻我们饭店。吃饭聊天时，我见他俩随和没架子，遂拽着他们拍照。冯巩说："你俩先拍，我去趟厕所。"牛振华则趁着酒劲儿，走过来搂着我的脖子，笑嘻嘻地与我拍了一张亲密无间的合影。没承想，十几年后，不到 50 岁的牛振华因车辆事故意外去世，令人唏嘘。

2000 年左右，相声大师马季和弟子卓林来青岛，在我们饭店礼堂参加商业演出活动。其间，我同他俩拍了不少照片。马季身着一件黄色 T 恤衫，有一缕头发总是挂在前额，与"大部队"分了家。他看出我的心思，很主动地拉上卓林与我合影。那时候的马季，写书法已经有些年头了，在相声圈里享有大名。不知是谁提议还是马季主动请缨，晚饭后回到房间，在备好笔墨纸砚的写字台上奋笔疾书。马季写字很快，写得不满意的作品，当场就撕掉，毫不马虎，也不在乎什么面子。他的书写内容以四字吉语居多，赠给我的是一张"笑口常开"横幅，既符合他的职业特点又应景，我很喜欢。造化弄人，苍天无情，2006 年底，72 岁的马季因突发心梗，猝然离世，一代相声巨星就此陨落。

人似秋鸿来有信，事如春梦了无痕。